Entre-deux-mondes

EDILIVRE.com

Du même auteur :

Le prétendant (2007), Éditions Velours

Sabrina Chaix

Entre-deux-mondes

Roman fiction

Éditions EDILIVRE APARIS
75008 Paris – 2010

www.edilivre.com

Edilivre Éditions APARIS
56, rue de Londres – 75008 Paris
Tél. : 01 41 62 14 40 – Fax : 01 41 62 14 50 – mail : actualites@edilivre.com

ISBN : 978-2-8121-2775-5
Dépôt légal : Mai 2010

PREFACE

Cet ouvrage nous emporte et nous mène aux confins du réel, pour découvrir aux frontières de l'irréel un univers occulte, gardé par des personnages étranges.

En parcourant ce livre, nous accompagnons une mystérieuse quête, empruntons des chemins dangereux en traversant une nature généreuse mais inquiétante parfois. Ici : légendes, magies, rêve et réalité se lient, se mêlent, se marient.

Laissons-nous guider pour pénétrer cette nature qui s'offre intimement. Mais saurons-nous interpréter des symboles ésotériques pour en découvrir les secrets ?

Par ces lignes, Sabrina veut aussi nous faire comprendre que certains de nos contemporains manifestent toujours une crainte, une peur qui les font rejeter l'autre, l'étranger.

Surpris, je viens de découvrir une histoire insolite. Alors, je vous invite à faire comme moi, tournez les pages et vous serez entre deux mondes dans l'imaginaire de Sabrina Chaix.

Denis Jaillon

« Hâte-toi de bien vivre
et songe que chaque jour
est à lui seul une vie. »

Sénèque

Sueurs nocturnes

Son regard fut comme ensorcelé. Prisonnier de la mystérieuse beauté éternelle, il ne cessa de l'admirer, subjugué par l'éclat de son corps ébène exposé naturellement et sans artifice.

Dans ce paysage où toutes les éminences se ressemblaient dans leurs atours émeraude, la montagne noire et dénudée faisait figure de bâtarde.

Elle fut l'unique, l'exception et cette frappante singularité captivait inexorablement tous les regards.

Maintes fois, la contemplatrice s'évertua à se défaire de cette infernale emprise en posant ses yeux ailleurs, mais la montagne secrète, séductrice réussissait toujours à raviver sa fascination.

Pour l'approcher, l'inconnue peinait depuis plusieurs heures à marcher sur des sentiers abrupts, emplis de petites pierres qui, en se bousculant sous le poids de ses pas, la ralentissaient et parfois la déséquilibraient. De vains efforts, car la montagne, toujours aussi lointaine, jouait à l'inaccessible.

Le ciel bas avait convié le brouillard. En quelques instants, il avala la montagne noire. L'inconnue n'échapperait pas au même destin. Privée de repères en ces contrées étrangères, elle craignait surtout de s'égarer mais ne pouvait rebrousser chemin. Son être fut comme envoûté. La montagne noire l'attirait inéluctablement.

Le brouillard s'avança à vive allure et finit par la rejoindre. Il dansa lentement autour d'elle, l'enveloppa d'un léger voile puis la plongea subitement dans une nappe opaline dans laquelle elle percevait à peine son fil d'Ariane. Désormais, seul le chemin pouvait la guider et la sauver des griffes du monstre blanc. La bête ne cessa de jouer à lui faire peur : tantôt s'éclaircissant, redonnant de l'espoir à la jeune fille, tantôt s'épaississant pour la décourager et la perdre dans l'immensité alpestre.

Au travers d'étranges formes vaporeuses évoluant avec grâce, l'inconnue entraperçut une petite croix en fer scellée dans la roche. Elle aurait voulu s'en approcher, observer les détails, lire d'éventuelles inscriptions, mais elle marcha inexorablement, encore et toujours, poussée par une mystérieuse force, obnubilée par cette croix, reflet de la piété des montagnards confrontés à un milieu hostile.

Quelle était son histoire ? Pour quelles raisons les croyants érigèrent-ils cet objet en ce lieu précis ? Quel message voulurent-ils transmettre au travers de cette croix ? Etait-ce un symbole de compassion en souvenir d'événements tragiques ? Passage obligé pour rejoindre d'autres villages, le chemin offrait-il par sa configuration et son isolement un terrain propice aux attaques sanglantes des malandrins sur des passants vulnérables ? Selon la jeune femme, la croix annonçait un danger et apportait protection au voyageur. Elle traversait peut-être un endroit au relief accidenté : le chemin surplombait un précipice d'où plusieurs personnes périrent en trébuchant. À cette idée, elle redoubla de prudence.

Puis, les yeux rivés sur le sol pierreux, l'audacieuse découvrit quelques os épars. C'étaient des os de moutons, des malheureux égarés, blessés, malades ou attaqués par des chiens errants et affamés. Bientôt, le chemin se confondit avec les ossements. La montagne ne cachait pas la mort. Crânes, côtes, tibias…, preuves d'un suicide collectif, gisaient au pied de la falaise, meurtrière malgré elle. Des moutons affolés s'étaient jetés depuis son sommet.

Sinistre environnement.

Il y régnait un silence profond, solennel, semblable à celui du recueillement que la vaillante femme osait perturber en faisant chanter les pierres s'entrechoquant sous ses pas. L'omniprésence de la mort l'inquiéta.

Elle accéléra la cadence pour quitter cet univers funeste, mais le brouillard la cernait sans relâche. Il était le maître des lieux, imbus de son pouvoir de vie ou de mort. Il se délectait à anéantir tout être sur son territoire. Il était le coupable invincible de tous les crimes signifiés par la croix.

L'intrépide se lança alors dans une course effrénée. Haletante, distraite, elle faillit maintes fois trébucher et s'étaler, mais cela lui importait : il fallait aller de l'avant. Certes, elle manquait d'endurance. Elle souffrait, mais résistait à la tentation d'abandonner sa course, espérant une issue imminente. Elle se surpassait, convaincue que rien ne pourrait la ralentir ni même l'arrêter. Elle était déterminée à sortir de l'emprise du brouillard.

Soudain, un énorme bloc rocheux. La fugitive se figea. Son visage devint livide. Elle venait de découvrir avec effroi que le chemin se divisait en deux sentiers, de part et d'autre du roc, et que rien n'indiquait leur destination. Pressentant vivement que les sentes ne se réuniraient pas par-delà l'obstacle, elle resta immobile, hébétée, désemparée et indécise.

La jeune femme se calma et chercha minutieusement du regard, dans cette nappe de coton, un indice quelconque. En vain.

Le chemin de gauche offrait toutefois une meilleure visibilité. Fallait-il pour autant l'emprunter ? Elle oscilla pendant d'interminables minutes jusqu'à ce qu'un cri, celui de la vie, brise le silence mortuaire. Elle n'était enfin plus seule dans ce milieu inhospitalier.

D'autres cris rauques suivirent. Ils semblèrent assez proches, mais l'inconnue ne put deviner aucune forme animale. Elle se contenta d'écouter et de se délecter des « cro » et « rrok » réconfortants des corbeaux. Ces virtuoses des airs, capables d'exécuter des loopings, des piqués, des planés et des figures renversées la fascinaient.

L'inconnue scruta l'environnement compact en direction des sons et ne tarda pas à apercevoir, dessinées sur la toile blanche, deux silhouettes étrangement sombres. Les élégants oiseaux au plumage d'un noir de jais s'éloignèrent d'un vol majestueux et régulier au-dessus du chemin que le brouillard laissait entrevoir.

Elle pensa immédiatement que les grands corbeaux lui montraient la direction salvatrice. En effet, leur apparition ne relevait pas du hasard : les oiseaux noirs étaient venus pour l'aider à prendre sa décision. Désorientée et souffrant de solitude, il était vital pour la jeune inconnue de se conforter dans cette idée. Elle recherchait les sentiments de protection et d'aide et, par conséquent, conférait avec absurdité un comportement altruiste aux corbeaux. Son contentement fut intense. Le bonheur rayonnait sur son visage, effaçant les marques d'inquiétude.

Mais cette béatitude ne dura pas. Les oiseaux disparurent rapidement dans l'immensité. Ne plus les voir, ni les entendre, rappelait à l'aventurière la lugubre réalité. Elle se retrouvait encore esseulée et prisonnière du brouillard. Le spleen l'envahit de nouveau à l'idée que le grand corbeau est « l'oiseau de malheur » dans la pensée commune. Son profil de charognard convaincu, autrefois jamais éloigné des champs de bataille, et son allure sombre concoururent à sa mauvaise réputation. Bien qu'elle eût toujours de l'admiration pour ces corvidés, l'inconnue les trouva de mauvais augure. Elle se précipita alors sur le chemin noyé dans l'épais brouillard.

Elle ne marcha pas longtemps dans cette nébulosité.

Des rayons de soleil percèrent le rideau blanc. Vaincu, il se volatilisa, laissant un paysage de rocaille baigné de lumière.

La jeune femme se sentit renaître, libre, dépaysée et apaisée.

Aussitôt, elle s'aperçut de l'absence de la montagne noire. Avait-elle fait fausse route ?

Un col se présenta. Elle s'empressa de le gravir, caressant l'espoir de se retrouver face à la montagne, mais la raide montée eut raison de sa vive allure. Elle ralentit, souleva péniblement ses jambes envahies par une douleur musculaire intense. Son cœur palpitait d'émotion avant même de découvrir le panorama. Le sommet, à deux pas, motivait plus que jamais la marcheuse.

Soudain, un long crissement insupportable retentit.

Elle s'arrêta, abasourdie par cette sonorité étrangère au monde montagnard, et balaya du regard le paysage dans toute son immensité. Rien d'anormal ne transparaissait.

Le grincement persista… Sa vue se troubla. Sa respiration s'accéléra, son cœur s'emballa. Ses oreilles sifflèrent. Des sueurs surgirent en même temps que des frissons. La jeune femme ne maîtrisait plus son corps et n'était même plus consciente de la réalité… Le paysage se mouvait. Elle se sentit défaillir…

Ce fut le néant.

De désagréables picotements au cuir chevelu accompagnés d'acouphènes sortirent Imen de sa torpeur. Elle bougea un peu la tête, se tourna instinctivement sur un flanc, puis ouvrit ses lourdes paupières sur la nuit. Elle fut soulagée de se savoir dans son lit douillet. Encore imprégnée du songe, Imen retrouva vite ses esprits : le crissement provenait en fait d'une chaise mue par la vieille dame résidant à l'étage supérieur.

Il était trois heures du matin. Imen venait d'être réveillée comme les quatorze nuits précédentes, à la même heure, par le détestable grincement annonciateur d'une succession de sons qui dureraient plusieurs heures et qui l'empêcheraient de se rendormir.

Comme d'habitude, Imen resta paisiblement couchée dans l'obscurité et s'adonna à une occupation de circonstance : écouter avec une extrême vigilance les moindres sons. Vibrations, froissements et autres bruits à peine perceptibles lui donnaient de précieuses indications pour suivre mentalement les déplacements de Mme Truc et déterminer ainsi la nature de ses étranges vacations.

Des pas glissant sur le carrelage se rapprochèrent lentement et discrètement.

Imen reconnut bien la démarche de sa voisine qui, trop âgée, le corps fatigué, n'avait plus le courage de soulever ses pieds pour se déplacer. Le glissement devenait de plus en plus distinct. Mme Truc traversait certainement le couloir desservant les chambres.

Les pas se turent. Une porte, toute proche, grinça. La vieille dame se trouvait juste au-dessus. Elle referma presque aussitôt la porte de la chambre, et s'éloigna de la même manière par le dégagement.

Soudainement, plus rien… Le silence s'était abattu. Cela ne signifiait pas pour autant que Mme Truc avait regagné tranquillement sa chambre pour dormir, mais que les sons feutrés et trop éloignés devinrent imperceptibles.

Que faisait-elle ? Dans quelle pièce se trouvait-elle ?

Pendant cette trêve déstabilisante, Imen ne devait pas relâcher son attention. Elle tendit l'oreille, à l'affût du moindre bruit, afin de retrouver la trace de sa voisine.

Subitement, la porte d'entrée claqua. Ce son sec caractéristique aiguisa son imagination. Mme Truc était allée dehors, peut-être juste sur le palier ou bien plus loin dans les champs et venait de rentrer dans le vestibule.

Quelles raisons la motivèrent pour sortir ainsi en pleine nuit ? S'assurer que tout semblait normal autour de la maison ? Intimider ou pourchasser d'éventuels rôdeurs ? Ou tout simplement prendre l'air ?

Mme Truc revint en traînant les pieds dans le couloir, s'arrêta, puis ouvrit vraisemblablement un placard, car le son différait de celui de la porte de la petite chambre. Froufroutement de linge et froissement de papier confortèrent Imen dans ses suppositions. Elle se demanda d'ailleurs ce qui déterminait Mme Truc à fouiller dans ce placard. S'assurait-elle qu'un bien précieux était toujours à la même place ? Tout en cherchant, la vieille dame marmonnait. Mlle Darel ne distingua aucun mot. Toutefois, d'après l'intonation, il lui sembla qu'elle pestait.

Quelques minutes plus tard, Mme Truc referma la porte du placard. Le chuintement sourd de ses pas s'éloignait, se mourrait… Puis, le crissement lointain d'une chaise brisa un silence furtif et révélait que Mme Truc se trouvait à présent dans la cuisine. Elle ne cessait de causer. Elle parlait tant que la jeune fille crut un bref instant en la présence d'une tierce personne bien qu'elle n'entende que la voix de Mme Truc. Cependant, l'hôte pouvait s'exprimer à voix basse dans le but, justement, de ne pas trahir sa présence. Imen se ravisa. Pourquoi y aurait-il forcément quelqu'un d'autre ? Mme Truc, seule depuis trop longtemps, avait sans doute pris l'habitude de se faire la conversation.

Imen se détacha des sons pour réfléchir sur les causes du noctambulisme de sa voisine.

Souffrait-elle d'insomnie ? Une explication plausible. Suite à ses réveils nocturnes et ne parvenant pas à se rendormir, Mme Truc s'occupait comme elle pouvait – faire du rangement, du ménage ou bien même de la gymnastique – plutôt que de frétiller dans son lit.

Chassait-elle les moustiques qui l'importunaient ? Pour attraper les insectes, il lui fallait se déplacer dans toute la maison, monter sur des chaises et écraser avec fracas les envahisseurs !

Cherchait-elle des fantômes et /ou des mauvais esprits ? La vieille dame devait alors regarder dans les placards ainsi que dans toutes les pièces de la maison.

Ou bien encore, était-elle somnambule ?

Un raisonnement peu probant. Trop de points obscurs subsistaient.

Le songe, le crissement de la chaise, les vacations de Mme Truc se manifestaient invariablement chaque nuit. Il semblait qu'une main invisible régissait la vie nocturne de cette maison condamnant ses occupants à revivre les mêmes évènements, toujours dans un ordre très précis et aux mêmes heures.

La jeune femme décida de mener une enquête afin de rassasier sa curiosité. Elle était loin de se douter que ses investigations l'entraîneraient dans un univers étrange, insoupçonné, terrifiant, gardé secrètement par de redoutables disciples.

Le sermon

Son gracieux visage au sublime hâle cuivré, embelli d'une chevelure d'ébène, dévoilait une beauté divine digne d'une Jasmine ou d'une Shéhérazade des contes des *Mille et Une Nuits*.

Comme par magie, ceux qui croisaient le regard ténébreux, profond et mystérieux d'Imen, rêvèrent instantanément d'atmosphères orientales ; un ailleurs merveilleux conviant à s'extasier devant les somptueux décors des palais, à se draper agréablement dans de précieuses étoffes étincelantes, à s'imprégner des odeurs envoûtantes d'épices des souks, à s'enivrer des délicates fragrances de jasmin et de menthe…

Ces mêmes images empreintes d'exotisme hantaient souvent Mlle Darel car, malgré son métissage – sa grand-mère était d'origine tunisienne – elle ne connaissait rien de la culture arabe. Cela lui importait. Née à Grasse, dans le sud de la France, Imen était méditerranéenne tout comme son aïeule et, par conséquent, avait hérité d'un berceau culturel commun à l'Europe méridionale et à l'Afrique du Nord.

Un léger zéphyr berçait ses mèches brunes. Elle travaillait à son tableau parmi les romarins aux délicates fleurs bleu pâle, et les lavandes mauves effleurant le somptueux rouge sombre d'une bougainvillée. De temps en temps, elle levait ses grands yeux noirs sur son nouveau cadre de vie. Elle surplombait le royaume fascinant des immortels. De vieux oliviers, parés de leur couronne d'argent, s'enorgueillissaient de pouvoir défier le temps en renaissant indéfiniment de leur souche.

La jeune artiste aimait errer parmi les troncs noueux exposés avec noblesse qui, sous leur dôme gris argenté d'où tombaient des rameaux au feuillage fin et soyeux magnifiés par une pluie de rayons étincelants, ouvraient à la visiteuse un chemin de lumière invitant à la sagesse, à l'harmonie, à conquérir sa propre sérénité. Dans cet univers apaisant, bienfaiteur, empreint d'un silence solennel, la jeune peintre avait rendez-vous avec l'inspiration.

À l'ouest, paradait la « petite Toscane », un paysage riant de collines verdoyantes ornées de majestueux cyprès de Provence et d'oliviers centenaires. Les mamelons ne ressemblaient pas vraiment à ceux de la Toscane, car ils étaient trop boisés, trop rapprochés les uns des autres, mais l'harmonie créée par les cyprès et les oliviers étagés sur les pentes fut sans doute à l'origine de cette comparaison.

Imen eut un coup de cœur pour ce havre de paix, un éden qui ne cessait de la surprendre et de susciter sa curiosité. Il lui suffisait de se rendre au nord de la propriété par quelques sentiers pour se retrouver dans le monde légendaire de la plus subtile et suave fragrance du règne végétal. Imen se délectait à sentir les fleurs blanches teintées de rosé du *Jasminum Grandiflorum* qui exhalaient un parfum oriental, puissant et d'une grande sensibilité. Ces nombreux arbrisseaux sarmenteux, à grandes fleurs délicieusement odorantes, accueillaient dans leur cercle quelques oliviers aux formes originales ainsi qu'un vieux figuier aux grandes feuilles vertes et formaient ainsi un paysage des plus enchanteurs.

Un peu plus en amont encore, la Marbrière dressait, aux abords du quartier, les derniers contreforts de la chaîne alpine. Cette montagne altière boisée de pins était le fief des rapaces. Très souvent, des cris miaulés et perçants retentissaient. Il suffisait de scruter l'azur pour apercevoir le vol tournoyant dans les vents ascendants d'une buse en quête de souris, lézards, insectes ou serpents. La chasse terminée, l'oiseau rejoignait le repaire ancestral sur les cimes.

Tous ces paysages ne captivaient pas Imen autant que l'horizon. Inexorablement, son regard se posait sur l'infinie toile de fond céruléenne, curieux de la magie de la Grande Bleue à épouser les couleurs du temps. Les flots offraient sans cesse des tableaux fascinants.

Il suffisait d'un léger voile de brume pour que la mer, devenue blanche, soit semblable à une banquise.

Il suffisait que le soleil perce au zénith pour que la Méditerranée se transforme en un immense miroir étincelant.

Et lorsque le mistral soufflait avec furie, les flots dévoilaient alors toute leur beauté : un bleu intense, saisissant et mystérieux.

Ce nouvel environnement fît naître en Mlle Darel un sentiment de liberté propice à la création artistique. Eloignée de quelques pas du chevalet, Imen s'absorbait dans l'observation du tableau. Elle repéra des défauts et des insuffisances. Le chat noir n'attirait pas assez le regard. Imen désirait donner l'illusion, par un mariage délicat de couleurs et par l'étude subtile des nuances, que le félin allait bondir de la toile pour transmettre un message à l'observateur.

– Quelle chaleur !

Ces quelques mots de Mme Truc brisèrent l'inspiration de l'artiste. La vieille dame se dirigeait lentement vers la jeune fille, les bras chargés du linge qu'elle venait de ramasser sur l'étendoir.

Imen resta muette et la regarda s'approcher. Elle était maigre. Son visage buriné et ses fortes mains portaient les marques du dur labeur dans les champs, car ils avaient affronté les grands froids, les pluies glaciales et les chaleurs estivales toute une vie durant. Elle était toujours vêtue d'une blouse de maîtresse de maison rapiécée, protégeant un pull gris et une jupe plissée bleu marine.

Veuve depuis trop longtemps et sans famille, Mme Truc éprouvait une profonde sympathie pour Imen. C'était d'ailleurs réciproque.

Dès son arrivée, à la fin du printemps, Imen colora la vie de la vieille dame par sa générosité, sa chaleur et sa disponibilité. Elles partageaient la passion du jardinage, le plaisir de faire les courses dans les rues médiévales de la ville… Et les rires, plaisanteries, conversations amicales furent chaque jour un enchantement.

En posant le linge sur une chaise de jardin, Mme Truc s'écria :

– Vous n'êtes pas bonne à marier !

Interloquée par cette réflexion, Imen lui demanda de motiver son jugement.

– Ça se voit à la façon dont vous étendez votre linge. Ça me donne de la fièvre ! Tenez ! Ce pantalon… (elle était en train de le plier) il avait une jambe toute retroussée. Et ce tee-shirt… (elle l'ordonnait également avec soin) il avait aussi une manche roulée.

Mme Truc s'arrêta de ranger le linge, fixa Mlle Darel de ses yeux noisette, et lui donna des explications précises :

– Quand vous étendez le linge, avant, il faut bien l'essorer, il faut l'esquicher et ensuite il faut bien l'arranger sur l'étendoir, veiller à dérouler les manches… Pour l'étendre, il faut veiller à bien coincer les pinces à linge sur les habits, car s'il y a un coup de vent, il risque de s'envoler. Et pour vos sous-vêtements, c'est une catastrophe ! Vos culottes, vous les étendez comme ça vous vient, en chiffon, sans les arranger et elles ne sont tenues qu'avec une seule pince à linge. (Elle dodelina de la tête et poursuivit.) Lorsque votre linge est étendu, le spectacle est désespérant ! Tout n'est que chiffon et ça ressemble à du je-m'en-foutisme ! Si un jour vous avez un mari et qu'il voit ça, je vous le dis, il vous bazarde sur-le-champ !

Imen tenta de se défendre :

– Peu importe la manière dont le linge est étendu, le résultat est malgré tout le même puisqu'il est sec.

– Peut-être, mais ce n'est pas comme ça qu'il faut faire. Ecoutez mes précieux conseils. Un jour, vous vous rendrez compte que ce que je vous dis était vrai.

Mme Truc soupira puis s'assit sur une chaise.

– Il faut que je vous précise que je me suis permise de vous ramasser votre linge, car c'était quatre heures. Et à quatre heures de l'après-midi, bien qu'il y ait encore du soleil et qu'il fait toujours chaud, l'humidité arrive quand même et si vous ne le ramassez pas, votre linge devient trempé. Quelle chaleur ! Ce soleil, il vous brûle ! Il n'est plus comme avant. Tout a « évalué » trop vite. Le soleil n'est plus comme avant. Il est moins naturel.

Imen profita d'un silence momentané pour mener son enquête :

– Et vous arrivez à dormir la nuit avec cette chaleur ?

– Oh ! Vous savez, je ne dors pas trop bien. Souvent je tourne et me retourne dans mon lit avant de trouver mon sommeil.

– Et lorsque vous n'arrivez pas à vous endormir, vous ne vous levez pas pour vous occuper un peu dans la maison ?

– Non ! Je reste dans mon lit. J'attends patiemment le sommeil et puis je pense, je pense… D'ailleurs, en ce moment, je pense beaucoup à ma copine Micheline Mirenda parce qu'on s'est froissées il y a trois mois. Depuis, je n'ai plus eu de nouvelles et je n'ose pas l'appeler. Ça m'ennuie cette histoire, parce qu'elle est vieille. Elle a quatre-vingt-quinze ans et moi, je suis beaucoup plus jeune, j'ai quatre-vingt-dix ans. C'est dommage de rester fâchées. Enfin, c'est comme ça, c'est la vie… (Elle fit un geste de l'avant-bras.) Bon, je m'en remonte chez moi.

Mlle Darel se remit aussitôt à l'ouvrage, l'esprit assailli par cette dernière réponse. De toute évidence, la vieille dame mentait.

L'imposture

– Mme Miranda m'a écrit ! Mme Miranda m'a écrit ! s'exclama Mme Truc, en rejoignant Imen qui travaillait à une toile dans le jardin. Cette arrivée « tonitruante » l'interrompit dans sa création.

Mme Truc poursuivit :

– Dès que j'ai lu son nom au bas de la lettre, j'ai fait son numéro de téléphone pour la remercier et lui demander comment s'était passé son voyage à Paris, mais elle a fait semblant de ne rien comprendre. Elle dit que ce n'est pas elle qui a envoyé la lettre et qu'elle n'est pas allée à Paris. Hum !... Elle me fait bisquer. Ça l'amuse ! D'ailleurs, elle ne va pas tarder à arriver. Mais... avant... vous pouvez me lire la lettre (la vieille dame tendait le document), car je n'ai peut-être pas tout compris.

Imen prit l'étrange correspondance – une vache dessinée au crayon figurait en bas de page – pour la lire à voix haute :

– Chère Mauricette. Je vous envoie le bonjour de Paris où malgré mes quatre-vingt-quinze ans je passe quelques jours de vacances. Je suis allée voir des hommes en tenue légère. Vous ne pouvez pas vous imaginer à quel point ils sont beaux ! Je me régale. Ça donne envie ! Je vous embrasse. À bientôt. Mme Miranda.

Mme Truc rit aux éclats. Sa grande bouche ouverte ne laissait entrevoir qu'une seule dent, une incisive médiane de la mâchoire supérieure. C'était peut-être la seule dent qui lui restait et cet inesthétisme ne la dérangeait pas, car elle n'accordait aucune importance à son apparence.

Son visage raviné rayonnait de joie.

Elle s'écria :

– Sacré Mme Miranda. Oh ! Là ! Là ! Je n'aurais jamais cru qu'elle était aussi coquine. À son âge, quand même, on ne s'intéresse plus aux hommes. Enfin ! Q'est-ce que vous voulez y faire. Chacun passe le temps comme il peut… et surtout prend son plaisir comme il peut. (Souriante.) Bon, je vous remercie.

Imen se garda de tout commentaire, se contentant d'opiner de la tête.

D'une démarche lente et peu assurée, la vieille dame s'en retourna chez elle. Elle n'avait plus assez de force pour soulever ses pieds qu'elle traînait alors. Elle avait pourtant de la volonté, mais son corps, trop las, ne lui obéissait pas.

La jeune femme la regarda s'éloigner. Mme Truc monta difficilement l'escalier. Elle s'aida en s'agrippant au muret de soutènement, leva péniblement les pieds, s'arrêta pour souffler à chaque effort. Son corps fléchissait sous le poids des ans mais son opiniâtreté triompha de la difficulté. La restanque atteinte, elle glissa ses pas en direction de l'entrée de son logis. Imen la suivit des yeux jusqu'à ce qu'elle disparaisse derrière la bâtisse.

Éreintée par une nouvelle nuit de cauchemar et de vacarme, Imen se replongea péniblement dans la composition de sa toile ; la représentation du chat de Mme Luce urgeait. Elle s'appliqua à expérimenter judicieusement des couleurs. Un écru foncé pour la table sur laquelle le félin était assis ; un rose pastel et un vert tendre pour le bouquet de pivoines arrangé dans un vase en cristal, près de l'animal. Son but était d'attirer le regard sur le sujet principal et non sur les accessoires. Concernant le fond, l'artiste choisit un mauve pâle rehaussant la robe ébène du félin.

Des rires se rapprochèrent. Mme Miranda était probablement arrivée depuis un petit moment. Imen s'attendit à la visite de Mme Truc et de son amie.

Elle ne tarda pas à voir sa voisine déboucher d'une aile de la villa tout en s'exclamant :

– Vous ne connaissez pas la meilleure ! (Elle ne lui laissa pas le temps de deviner.) Et bien, la lettre, elle n'est pas de Mme Miranda ! Quand je lui en ai parlé, elle ne comprenait rien, elle croyait que je plaisantais.

Mme Miranda intervint. Grande, sèche, les cheveux blancs, coiffée d'un bob bleu, elle avait un visage moins marqué que celui de Mme Truc. Tout comme son amie, Mme Miranda portait une blouse de maîtresse de maison ; vraisemblablement, c'était la mode vestimentaire des nonagénaires en 2008.

– Marie-Mauricette est persuadée que c'est moi qui lui ai envoyé la lettre ! Entre nous, cela ne m'aurait pas déplu d'aller voir des hommes nus à Paris…

Mme Truc lui coupa la parole :

– Mais, qui a bien pu écrire cette lettre ? J'ai téléphoné à quelques amies pour savoir si ce n'était pas une de leurs petites-filles qui se serait mariée récemment et qui aurait prit le nom de Miranda… mais ça n'a rien donné. Elles n'arrêtaient pas de rire et croyaient que je leur faisais une farce. Pourtant, j'étais sérieuse.

Mme Miranda, explosant de joie :

– Elles ont dû se demander ce que vous leur racontiez. Moi, qu'est-ce que ça m'a fait rire. Vos amies devaient penser que vous étiez un peu trop restée au soleil… Cette histoire est un tel délire.

Mme Truc donna la lettre à sa copine qui s'interrogea :

– C'est un vrai mystère. Qui a écrit cette lettre ?

Imen prit la parole, car il fallait bien participer à cette histoire et ne pas rester spectatrice.

– Sur la lettre, il est précisé que l'auteure est une personne âgée de quatre-vingt-quinze ans et s'appelant Mme Miranda.

Mme Truc s'emporta :

– Ne me prenez pas pour une imbécile ! J'ai bien lu la lettre. Je ne connais qu'une seule Mme Miranda qui a bien quatre-vingt-quinze ans, mais puisque ce n'est pas elle qui a écrit cette lettre, alors qui ça peut bien être ? Et pourquoi ? Pour me rendre jalouse parce que la bonne femme est allée voir des hommes ! C'est ridicule. (Elle dodelina férocement la tête.)

Mme Miranda n'écouta pas Mme Truc. Les yeux sur la lettre, elle semblait mener une enquête minutieuse :

– Pourquoi la personne a-t-elle dessiné une vache dans un pré ?

La moue de Mme Truc traduisait tout son désespoir.

Mme Miranda insista.

– Réfléchissons un peu. Ce sont peut-être des indices très importants.

– Ce n'est pas la peine de te fatiguer, des vaches… il n'y en a pas ici !

Mme Truc était très agacée.

Imen riait intérieurement ; elle se régalait de ces mots savoureux, de cette enquête qui ne pouvait aboutir. Pour s'amuser, Imen avait crayonné une vache. Elle se délectait à assister à la recherche désespérée d'une logique alors qu'il n'y en avait aucune.

Il lui tardait que les vieilles dames s'en aillent, car piètre comédienne, Imen affichait de nombreux sourires et laissait s'échapper des petits rires qui trahissaient son imposture.

Trop occupées par cette singulière histoire, les grands-mères ne prêtèrent aucune attention au comportement de la jeune artiste. Elles avaient retrouvé une deuxième jeunesse, se taquinaient comme des gamines et semblaient s'accrocher à cette histoire qui se devait de perdurer car, comme par magie, elle les plongeait dans un univers enjoué, rompant la monotonie quotidienne de leurs vieux jours.

Imen leur avait donné du bonheur et s'était enivrée de leurs rires. Ce fut beau… mais allait-elle pour autant connaître des nuits plus calmes ?

Mauvais présages

Un son strident la fit tressaillir.

Le paysage se mouvait. Elle sombra dans l'abîme.

Imen venait de faire pour la n-ième fois le même cauchemar. En s'éveillant, elle fut désespérée d'entendre le crissement de la chaise tirée par Mme Truc. Cela signifia que la réconciliation avec Mme Miranda ne changea en rien les habitudes nocturnes de la vieille dame.

Imen resta dans l'obscurité et se concentra sur tous les sons. Elle eut la quasi-certitude que Mme Truc obéissait au même rituel, car l'ordre de ses déplacements semblait immuable : traverser le couloir pour se rendre dans la petite chambre du fond, retraverser le même couloir pour ouvrir la porte d'entrée, puis aller de nouveau dans le corridor pour ouvrir le placard, retourner sur ses pas pour pénétrer dans la cuisine et ainsi de suite.

Exaspérée par toute cette agitation, Imen décida d'approfondir cet étrange songe qui la rejoignait à chacune de ses nuits. Un rêve non interprété ne fut-il pas semblable à une lettre jamais ouverte ?

Pour s'être intéressée à l'oniromancie, Imen savait distinguer les vrais rêves de ceux qui répondaient à une trame onirique banale. Son songe récurrent, insistant, toujours identique, appartenait aux rêves « sortis de la porte d'ivoire », selon les Anciens, c'est-à-dire précieux, véridiques, dignes d'être interprétés comme des messages des dieux. Il différait de ceux « sortis de la porte de corne », insignifiants, grossiers, s'en allant comme ils sont venus, emportés par le courant de la vie, se dissolvant immédiatement au réveil comme le sucre dans le café du matin parce que provoqués uniquement par un repas trop lourd, par la position prise en dormant, par des impressions issues de ce qui a été vu, entendu, pensé au cours de la journée. Quelques heures après le lever, ces rêves ne seront que des fragments, des bribes dans la mémoire.

Il lui fallait se plonger dans cet univers occulte possédant ses propres lois : des lois subtiles, précises, et logiques sous leur apparente absurdité.

Imen alluma la lampe de chevet, se leva, retira de la petite bibliothèque, placée face au lit, un dictionnaire d'interprétation des rêves et s'assit en tailleur sur sa couche. Elle nota sur une feuille tous les éléments importants, puis chercha leur signification divinatoire.

Afin de discerner le vrai du faux, Imen commença par l'étude des symboles primaires, car ils renferment à la fois l'histoire de l'humanité, l'histoire d'une époque, l'histoire de l'individu.

La croix est associée au conflit.

Rencontrer une croix sur son chemin : de lourdes responsabilités vous seront confiées.

L'espace représente l'importance, le présent, l'urgence.

La couleur noire est signe de danger, de mystère voire de mort.

Imen s'attacha ensuite à d'autres éléments importants :

Entendre ou voir voler un corbeau révèle des regrets et du chagrin. S'il vole au-dessus de la tête du dormeur, la signification négative est plus forte et indique alors une perte et la présence de dangers.

Cet éclaircissement ne l'étonna pas, car le corbeau est souvent associé au malheur dans la pensée collective. Elle ne se fia donc pas à cette interprétation.

Le brouillard traduit une situation confuse et des difficultés.

Se perdre dans le brouillard est un présage de mort.

Le bruit aigu est l'avertissement d'un danger.

Imen ne fut pas rassurée par ces interprétations des Anciens et poursuivit malgré tout ses recherches, espérant des significations contradictoires.

Os : présage d'obstacles.

Marcher à grands pas : présage d'obstacles.

Imen termina par un contenu émotionnel qui serait à même de fournir l'exacte dimension du message. En s'évanouissant, Imen ressentit de fortes émotions. Mais l'évanouissement annonçait aussi de mauvaises nouvelles.

Face à la mort et aux dangers présagés, Imen ne s'affola pas et évita de tirer des conclusions trop hâtives.

Elle réfléchit longuement et essaya d'approfondir son analyse.

Le songe s'exprimait explicitement. Son inconscient ne semblait pas avoir utilisé un langage symbolique complexe dans lequel un élément pouvait en signifier un autre dans le but de brouiller les recherches et de garder jalousement ses secrets. En fait, cet inconscient honnête refléta, comme dans un miroir, une certaine réalité. Ainsi, l'étude confirmait l'existence d'un mystère, l'importance pour la jeune femme de résoudre les énigmatiques vacations afin de retrouver une sérénité, et l'existence d'un conflit. Outre le conflit tacite avec Mme Truc, Imen vivait aussi un conflit intérieur : malgré son intention de solutionner le problème, elle restait passive.

Au travers du ressenti, des intuitions, des impressions et de l'interprétation, deux certitudes s'imposèrent. Mme Truc détenait un précieux secret ; des dangers guettaient, prêts à se manifester pour protéger une vérité liée aux rituels nocturnes de la vieille dame.

Imen en tira des conclusions.

En cherchant à percer le mystère, elle s'exposerait inévitablement à des dangers, se heurterait à des obstacles qui la freineraient et/ou la dissuaderaient de poursuivre son dessein. Cependant, une nuance pouvait être apportée au présage grâce au profond contenu émotionnel éprouvé lors du crissement de la chaise. Le son, annonciateur de menaces, fut créé par l'action de Mme Truc.

Sa présence implicite dans le songe laissait augurer que les risques pesaient vraisemblablement sur la personne à l'origine du crissement.

Cette présomption offrait un revirement de situation : Imen se devait de protéger Mme Truc de dangers latents… voire de la mort ! Mais laquelle de ces deux hypothèses recelait la vérité ? À cette question, le songe aurait pu apporter la réponse s'il avait été en constante évolution, mais immuable, il ne lui permit pas de poursuivre ses analyses. Elle s'en remit alors à ses impressions.

Imen décida de ne rien changer à son projet. Elle fut plus que jamais déterminée à clarifier cette histoire.

La jeune femme se coucha, tourmentée par cette découverte. Étreinte par l'angoisse, Imen ignora le vacarme régnant à l'étage supérieur.

– Qu'est-ce qu'on entend bien les vagues aujourd'hui !

Mme Truc venait de rejoindre Imen qui réfléchissait, assise au soleil, près de la table de jardin.

Stupéfaite par l'affirmation de sa voisine, elle s'écria :

– Mais il est impossible de les entendre ! Nous sommes au moins à quinze km de la mer !

Tout en s'installant près d'Imen, Mme Truc insista :

– Je vous assure qu'on entend les vagues. On les entend même très bien. Faites-moi confiance.

La jeune femme se retourna, dévisagea la Grande Bleue, immense toile saphir mouchetée d'écume. Il était impossible d'entendre le chant des vagues d'aussi loin. Mme Truc possédait peut-être une ouïe extrêmement développée, un don de la nature ou bien présentait alors des signes évidents de fatigue suite à ses agitations nocturnes.

Comme d'habitude, Mme Truc pesta contre le temps :

– Enfin, c'est déjà quelque chose. Aujourd'hui, ils avaient prévu du vent et il n'y en a pas. Tant mieux, car le vent ça me fracasse, ça m'énerve, il y a tout qui claque dans la maison. Et puis, on entend « Hiiiiiii ! Hiiiiiii ! Hiiiiiii ! » (Elle imitait bien le vent.) Il siffle si fort que je ne le supporte pas et il m'empêche de m'endormir.

Puisque Mme Truc parlait de la nuit, Imen profita de la questionner dans le cadre de son enquête.

– C'est pour cette raison que pendant la nuit vous ne dormez pas ?

Mme Truc répondit :

– Je préfère la pluie au vent.

La vieille dame n'avait apparemment pas entendu la question.

Imen persista :

– Il me semble que chaque nuit, vous marchez, tirez des chaises, parlez… Vous êtes insomniaque ?

– Ce soleil, qu'est-ce qu'il vous brûle ! Avant, il était beaucoup plus naturel. Les hommes portaient le canotier le dimanche.

Il y eut un silence.

Imen hésita à poser une autre question, tandis que Mme Truc, pensive, se tournait les pouces.

– Pour quelles raisons vous tirez vos chaises chaque nuit ?

Mme Truc se releva :

– Bon ! Allez, je m'en monte chez moi. Ouh ! Quelle chaleur ! Quelle chaleur !

Comme d'accoutumée, Mme Truc monta péniblement l'escalier et s'aida en s'appuyant sur le muret… puis la restanque atteinte, elle glissa ses pas jusqu'à sa maison.

Les questions indiscrètes de Mlle Darel commençaient sérieusement à l'agacer. Intérieurement, elle maugréait. « Qu'est-ce que ça peut lui faire, à cette bécasse, que je dorme ou pas ? » « Ma vie ne la regarde pas… Après tout, je suis chez moi ! » « Elle a un pois chiche dans la tête comme tous les jeunes d'aujourd'hui. »

Manifestement, Mme Truc avait beaucoup moins d'estime pour sa jeune voisine.

Imen fut déçue de n'avoir obtenu aucune réponse. Mme Truc éluda intelligemment ses questions qui l'embarrassaient. Elle feignit de ne pas les avoir entendues plutôt que d'inventer des mensonges, des incohérences au risque de jeter le doute et de se trahir. Son comportement fuyant révélait l'existence d'un secret et motivait Imen à découvrir la vérité.

Cependant, fallait-il absolument mener cette enquête ? Ne devait-elle pas plutôt respecter le jardin secret de la vieille dame ? Ne risquait-elle pas de s'exposer à quelques dangers présagés par le songe ?

Mlle Darel, au mépris de ce précieux rêve prophétique qu'elle sous-estima, choisit de suivre son instinct : le désagrément causé par le vacarme nocturne servit en fait de prétexte pour nourrir sa curiosité malsaine !

Manifestations occultes

Le « kiou-vitt » strident de la chouette résonnait dans toute la campagne. Il annonçait la venue du crépuscule et brisait un silence auguste, presque étrange, inquiétant, inhabituel en cette période estivale dont les soirées étaient souvent animées par l'euphorie humaine. Ce soir-là, aucun rire, aucune voix, ni même aucun signe d'activité ne troubla la quiétude.

De son piédestal, le faîte d'un poteau téléphonique, Chochotte lança un nouveau cri dans les ténèbres. Elle semblait régner sur ce petit morceau de terre. La nuit lui appartenait.

La petite chouette observa le ballet léger, gracieux, virevoltant des chauves-souris cherchant leurs proies. Les pipistrelles, au vol bas, évoluèrent autour de Chochotte. Elles honorèrent par leur danse endiablée et révérencieuse la reine de la nuit. Un rituel, sans doute.

Le strigidé posait avec fierté dans une immobilité absolue, le regard plongé dans une cuisine baignée de lumière. Derrière la grande porte-fenêtre sans rideaux, Mme Truc, pleine de vie. Il l'épia dans ses besognes ménagères puis s'envola, avec majesté, dès que la sonnerie du téléphone retentit.

Installée sur le banc en bois, près du tilleul, face au perchoir de la chouette, Imen fut témoin depuis trois soirées de cette même scène. Ainsi, son enquête se poursuivait discrètement depuis ce long siège, un poste d'observation stratégique sur la cuisine et le résultat s'avéra stupéfiant, voire même effrayant.

Chaque soir, d'une manière immuable, figée, tracée, précisément à la tombée de la nuit, Imen assista à la venue de la chouette, au ballet des chauves-souris, à l'appel téléphonique puis à l'envol du petit rapace.

La jeune femme ne pouvait plus croire à un concours de circonstances. Il lui fallait admettre que la régularité et l'ordre constant des faits, malgré leur apparente absurdité, obéissaient aux lois subtiles, précises et indiscutablement logiques d'un univers occulte. La demoiselle, à l'école de la raison, fut désorientée par cet ordre non manifeste qu'elle acceptait difficilement, mais son hypothèse sur l'existence de forces occultes, dans lesquelles chaque élément vibre sans doute en assonance avec les autres dans d'harmonieux réseaux de connexions secrètes, lui sembla irréfutable.

Ainsi, en poursuivant son analyse, Imen conclut à l'existence d'un lien entre la chouette et le téléphone. Tant que la chouette n'était pas sur son piédestal, aucune sonnerie ne retentissait. Fallait-il pour autant en déduire que Chochotte se posait sur ce poteau parce qu'elle pressentait un appel téléphonique ? Ou bien, était-ce cette chouette qui donnait le signal à un quelconque magnétisme ou pouvoir maléfique afin que chaque nuit les mêmes évènements se produisent au même moment, dans le même ordre ? Pourquoi s'enfuyait-elle dès que le téléphone sonnait ? Le fait générateur de toute cette agitation nocturne pouvait aussi bien être cet étrange appel téléphonique.

En outre, les paroles confuses de la vieille dame ne donnèrent aucun indice sur la nature de l'appel.

Le mystère demeurant entier, Imen fut on ne peut plus motivée à poursuivre son investigation par l'observation discrète et assidue de Mme Truc dans son environnement.

Le brouillard, les os, la croix, les corbeaux, le crissement désagréable, puis le néant… Imen venait de revivre le même songe. En émergeant de sa torpeur, elle entendit Mme Truc tirer une chaise. Ce fut chaque nuit l'éternel recommencement.

La jeune femme se leva, enfila un short et un tee-shirt qui traînaient sur le lit, chaussa ses sandalettes, déterminée à aller voir ce qu'il se passait exactement chez sa voisine.

Elle s'interdit de sortir par la porte d'entrée qui, située au-dessous de la cuisine de Mme Truc, risquait d'éveiller des soupçons.

Imen ouvrit tout doucement les volets de la chambre, puis se glissa silencieusement par la fenêtre.

Dehors, Imen entendit la voix de la vieille dame ; elle devait se trouver sur le perron. Pour l'espionner, la jeune fille gravit discrètement un raidillon de terre rejoignant la restanque. Mais en cette nuit de nouvelle lune, une profonde obscurité régnait. Imen redoubla de prudence et marcha à pas comptés afin de ne pas trébucher. Sa progression fut très lente avant de pouvoir apercevoir furtivement Mme Truc sur le perron prononçant des paroles sibyllines et qui, se sentant espionnée, s'enfuit aussitôt dans son logis, en refermant violemment la porte d'entrée derrière elle !

Cette attitude parut d'autant plus surprenante qu'elle ne relevait pas d'une coïncidence. Par son approche très précautionneuse, Imen était certaine de n'avoir été ni vue, ni entendue. Rien n'avait pu trahir sa présence. Alors, comment expliquer la fuite de Mme Truc au moment même où Imen posa ses yeux sur elle ? La vieille dame avait réagi comme si ce regard avait transpercé tout son être. L'instantanéité de sa réaction dévoilait une perception exceptionnelle.

Avec effroi, Imen réalisa que cette manifestation émanait de l'occultisme, car elle échappait à toute rationalité. Mme Truc maîtrisait-elle la mantique ? Dominait-elle des forces invisibles immanentes à la nature ou surnaturelles ? La jeune femme ne devait pas se laisser déstabiliser par cet étrange événement. Il lui fallait saisir l'opportunité d'élucider les mystérieuses vacations nocturnes de Mme Truc et, par conséquent, passer à l'action.

Mlle Darel longea la maison, à pas feutrés, jusqu'au perron. Elle monta lentement et avec discrétion les quatre marches, puis s'arrêta devant la porte d'entrée, le cœur battant : elle avait peur. Comment justifierait-elle sa présence dans l'hypothèse où Mme Truc ouvrirait la porte ? Imen n'eut le temps de penser à une excuse quelconque. Se fondre dans le silence l'obnubilait au point de contrôler sa respiration.

L'intérieur de l'antre sembla tranquille, mais ce n'était qu'une apparence. Afin de discerner des sons plus subtils et/ou des paroles, la jeune femme posa son oreille contre la porte en chêne… qui s'ouvrit subitement avec violence ! Imen tressaillit. Elle se trouva face à une Mme Truc poussant des cris bestiaux. Mais ce fut surtout son visage méconnaissable qui la terrorisa : ses yeux exorbités, sa bouche béante édentée et ses traits tendus exprimaient à la fois la colère et la douleur.

Mme Truc brandit un épais bâton sur la jeune femme qui eut le réflexe de l'esquiver en dévalant l'escalier. La terrible arme heurta avec fracas le palier. Mme Truc cognait avec rage, sans retenue, contre les murs et sur les marches.

Pétrifiée, Imen assista avec effarement au spectacle de la harpie qui ne tarda pas à se rapprocher d'elle, en descendant prudemment l'escalier, tout en lui hurlant : « Je t'ensuque ! Je t'ensuque ! »

Apeurée, Mlle Darel retourna précipitamment sur ses pas, au risque de tomber, se hissa sur la fenêtre de sa chambre, puis prit soin de refermer les volets.

Elle alluma la lampe de chevet, se recroquevilla sur le lit et tenta de se remettre de ses émotions.

Une question la martela. Quelle gravité avait-elle commise pour exacerber une telle colère chez Mme Truc ? Ses réflexions ne purent aboutir, perturbées par les hurlements de la vieille dame qui se rapprochaient. Imen se laissa envahir stupidement par la peur alors qu'elle était bien protégée dans sa chambre.

Simultanément au premier heurt du bâton contre le volet, Imen sursauta et poussa un cri de frayeur. Tout en braillant « saloperie ! », la furie s'acharnait violemment sur les panneaux de bois, déployant une énergie phénoménale afin que chaque choc soit de plus en plus brutal. De virulentes vociférations accompagnaient la plupart des coups : « Je vous ficherai de coups de bâton sur la tête ! » « Je vous fracasserai le crâne ! » « Vous m'entendez ? »

Telle une bête réfugiée dans sa tanière, Imen obéissait à un instinct animal : rester immobile et silencieuse pour feindre son absence en attendant que le danger s'évanouisse. Dans ce spectacle sonore médusant, la jeune femme n'osait imaginer le monstrueux portrait de Mme Truc. Son emportement excessif semblait irréel : comment une dame si âgée pouvait-elle avoir une puissance physique aussi prodigieuse ?

« Ne répondez pas surtout ! Espèce de garce ! »

Les volets, frappés de plus en plus sauvagement, subissaient un déchaînement rappelant celui des éléments naturels. Imen comparaît Mme Truc à la mer calme, imprévisible qui pouvait se transformer en une effroyable tempête ou bien au léger vent inoffensif se métamorphosant en une violente tornade. Cette voisine si chétive et si vieille était en fait un être d'exception, probablement redoutable.

« Vous n'avez rien dans les pantalons ! Rien ! »

Imen rit silencieusement de cette expression maladroite. Elle approuva Mme Truc. Il était tout à fait normal qu'« elle n'avait rien dans les pantalons » puisque cette familiarité ne s'adresse qu'à la gent masculine !

Devant cette fureur physique et vocale démesurée, Mlle Darel redoutait pour Mme Truc le malaise, voire la crise cardiaque. La vieille dame poursuivit ses heurts et ses cris encore pendant plusieurs minutes.

« Vous me prenez pour une imbécile ! Vous ne perdez rien pour recevoir des coups de bâtons sur la tête !.... Sur la tête !… Sur la tête !… Sur la tête !… »

Ces quelques mots exutoires, qu'elle prononçait jusqu'à s'étrangler à chacun des martèlements, se mêlaient désormais à leurs échos.

Puis, essoufflée, épuisée, Mme Truc s'arrêta de cogner, se tut et retourna chez elle.

Après un court silence, Imen entendit le claquement violent de la porte d'entrée.

L'atmosphère redevint enfin sereine.

Imen s'allongea pour se remettre de ses fortes émotions. Bouleversée par l'incident, elle tenta d'y trouver une explication en analysant le songe. Ne l'avait-il pas averti des dangers potentiels ? Le lien entre l'évanouissement et le son strident ne fut-il pas on ne peut plus explicite ? Chercher du regard un objet afin de connaître l'exacte provenance du crissement s'apparentait à l'enquête qu'elle tentait de mener pour résoudre l'effervescence nocturne de Mme Truc. Quant à l'évanouissement, il augurait clairement que des dangers pesaient sur sa propre personne.

Puisque le songe était prémonitoire, Mlle Darel devait alors s'attendre à connaître la mauvaise nouvelle présagée, les raisons d'une mort presque annoncée, la nature des dangers l'entourant. Malgré tout, la jeune femme ne s'angoissa pas. Il lui fallait présenter ses excuses à Mme Truc, donner les motifs de son espionnage et miser sur sa clairvoyance et son honnêteté pour tenter de pacifier cette situation de crise.

Harassée par l'incident, Imen s'endormit.

L'arcane

En pénétrant dans la salle à manger, Imen découvrit Mme Truc en train de dormir confortablement dans un fauteuil en cuir près d'une cheminée sans vie. La pièce, sobrement meublée d'une grande table en chêne massif et d'un bahut, baignait dans la clarté de deux grandes fenêtres.

Imen se plaça discrètement derrière la table, face à la vieille dame, et attendit sagement son réveil.

Depuis l'incident, toutes ses tentatives pour renouer le dialogue échouèrent. Mme Truc l'ignora, n'accordant aucun signe, pas même un regard. Son indifférence fut absolue.

Cette situation malsaine perdurait depuis trois jours et perturbait Imen d'autant plus que Mme Truc ne s'adonnait plus à ses vacations nocturnes. Imen ne cessait de se poser cette sempiternelle question qui restait sans réponse : quelle gravité avait-elle commise pour interrompre ainsi ce qui paraissait immuable ? Même son cauchemar qui l'avait harcelée pendant tant de nuits ne se manifestait plus.

Dans un tel contexte, une invitation semblait inespérée.

Imen observa la vieille dame dans son profond sommeil et découvrit un visage tourmenté au teint blafard reflétant, outre l'extrême fatigue consécutive à sa crise démentielle, toute sa souffrance psychique. Ses nombreuses rides sillonnant sa fine peau, qui ne connaissait pas d'autres imperfections, avaient l'air plus creusées que d'accoutumée tandis que de profonds cernes bleuâtres soulignaient ses petites paupières flétries. Son front plissé, ses épais sourcils gris froncés et ses lèvres pincées trahissaient une réelle inquiétude : celle de l'effondrement de son univers.

– Je savais que vous étiez là, avoua Mme Truc, les yeux encore clos.

Imen sursauta.

– Vous ne dormiez pas ?

– Bien sûr que je dormais, mais il faut se méfier de ce qui se passe autour. Je savais que vous me regardiez dormir et je connais les nombreuses questions qui vous hantent. (D'une voix faible.) Le moment est venu pour moi de vous parler. Restez assise et écoutez-moi sans m'interrompre.

Imen, les yeux emplis de curiosité, redoubla d'attention : elle allait enfin connaître la vérité. Mme Truc peinait à se confier. Elle se préparait mentalement à surmonter cet exercice pénible, telle une héroïne, la peur au ventre, hésitant à se lancer dans un défi périlleux salutaire. Le visage tendu, le regard perdu, les mains fripées et moites serrant fortement le châle en laine bleu posé sur ses genoux, Mme Truc soupira d'anxiété plusieurs fois avant de dévoiler ses secrets.

– Leur décision est irrévocable. Je vais m'éteindre, peu à peu, pour n'être plus de ce monde à l'équinoxe d'automne. Je n'ai pas respecté le code. Vu mon âge, l'erreur devrait être pardonnable… (d'une voix éteinte) mais c'est ainsi. Au moment même où le soleil rejoindra l'équateur céleste, je rendrai mon dernier souffle. Tel est le sort réservé à ceux qui ne respectent pas le règlement. Je vais payer de ma vie mon imprudence. Ne me regardez pas de cet air consterné, vous savez à quoi je fais allusion.

Mme Truc marqua une pause, avala difficilement sa salive, puis continua.

– Vous m'avez surprise dans mes paroles et dans mes gestes secrets. Vous avez vu et entendu alors que le code stipule qu'il faut s'entourer de prudence afin de n'être ni vu, ni entendu. Mais vous étiez là. Ce fut une violation du règlement. Mon pouvoir est semblable à une flamme qui brûle en moi. Le feu n'est plus. Désormais, je suis pareille à la braise qui en se consumant peu à peu signe sa mort certaine. (Elle soupira de nouveau.) Pendant ces trois jours de réflexion, je me suis souvenue que j'avais peut-être une chance. En effet, je ne me suis pas exposée intentionnellement ; c'est vous qui êtes arrivée à ce moment-là et je ne pouvais donc maîtriser cet événement. Alors, pour retrouver cette flamme qui nourrit mon pouvoir, vous êtes la seule capable de m'aider puisque vous êtes l'élément perturbateur. Souhaitez-vous me sauver ?

Ses petits yeux noisette battus regardaient Imen avec insistance, implorant son approbation.

La jeune femme écouta sa conscience. Elle accepta, sans même réfléchir, pour réparer sa « faute ». En se remémorant son analyse onirique, Imen s'inquiéta aussitôt sur les risques encourus.

– Le danger peut survenir à tout moment ! Comment voulez-vous que je réponde à votre question ? Votre mission est en fait une quête. Ce que vous devez trouver ne se voit pas, ne se touche pas. Il faut aller au plus profond de la nature pour vous imprégner de ses atmosphères et de ses mystères qui l'entourent. Lorsque vous aurez puisé la force naturelle en divers endroits, vous reviendrez me voir… et là, peut-être, ma flamme sera ranimée. Je n'ai qu'un seul conseil à vous donner : respectez la nature, ne vous conduisez pas en être supérieur. Soyez humble et vous pourrez vous pénétrer de sa puissance.

Imen suivit attentivement le discours et osa le contredire :

– Dans l'hypothèse où je ne crois pas à tout cela, il se pourrait, par conséquent, que je ne parvienne pas à m'imprégner de ce que vous recherchez. Mon périple serait donc voué à l'échec. Je suis rationnelle et vous avoue que je doute de votre histoire.

Mme Truc s'emporta :

– Qui vous a parlé de pouvoirs surnaturels ? Et l'état dans lequel je me trouve ne vous suffit donc pas. Vous pensez que si je ne devais pas mourir, j'aurais été assez stupide pour vous raconter ma vérité ! Faites comme bon vous semble, mais vous aurez ma mort sur votre conscience.

Imen rétorqua :

– Néanmoins, de nombreuses questions restent sans réponse ! Quel est votre pouvoir ? Pourquoi depuis le solstice d'été, vous vous adonnez à d'étranges vacations chaque nuit ?

La vieille dame ne répondit pas et détourna les yeux vers le foyer de la cheminée.

Imen poursuivit :

– Il faudrait m'en dire un peu plus afin que je puisse prendre à cœur cette quête !

– Je vous en ai déjà trop dit. A l'équinoxe d'automne, soit précisément le 22 septembre, je ne serai plus. Venez me voir demain pour que je vous indique exactement tous les lieux où vous devrez vous imprégner. Il ne faudra pas tarder à commencer ce périple, car si vous ne réussissez pas, vous devrez retenter l'expérience. Ma vie est entre vos mains. Vous pouvez disposer.

Sur ces mots, Mme Truc ferma les yeux et sombra aussitôt dans un profond sommeil. Cela paraissait tellement irréel qu'Imen crut plutôt à une ruse de la vieille dame.

Elle la regarda pendant un moment, figée, d'un air incrédule. Des décideurs impitoyables, un code, un pouvoir… Mme Truc appartenait-elle à une secte ? Quelle était cette mystérieuse flamme qui vibrait en elle ? Pourquoi devrait-elle mourir le 22 septembre ?

Imen quitta la vieille dame, torturée par l'inquiétude et regrettait déjà d'avoir ouvert la boîte de Pandore. Son imprudente initiative libéra les présages maléfiques. Ils s'envolèrent pour accomplir leur funeste dessein. Les lourdes responsabilités augurées par la croix correspondaient à la mission salvatrice dont Mlle Darel était investie, tandis que l'espace, l'immensité signifiaient l'urgence. La gravité de la situation ne faisait aucun doute. Son rêve allait-il pour autant se réaliser ? Et que devait-elle penser de cet abîme par lequel il s'achevait ? Un échec annoncé, une chute… ou bien ne fallait-il rien extrapoler et s'en tenir aux précédentes conclusions de mauvaises nouvelles ?

De graves dangers la guettaient : le songe qui insistait trop sur ce point ne la renseigna malheureusement pas sur la nature des menaces.

Les Quatre Termes

Qui ne fut pas tenté un jour de vouloir caresser l'azur ? Ensorcelé par ses bleus célestes, qui ne fut pas animé par une avidité enthousiaste de se rapprocher du firmament afin de lui ravir une once d'éternité ? Malgré sa volonté de s'élever sans cesse en gravissant collines, montagnes, massifs, l'homme n'atteindra jamais l'insondable immensité.

Le ciel paraîtra toujours plus haut, laissant l'homme frustré dans l'absolue de ses aspirations qu'est l'éternité semeuse de bonheur, mais lui enseignant que sa quête de plénitude est inhérente à une aventure intérieure, celle de tutoyer la perfection de son esprit.

Mme Truc avait envoyé Imen, là où la montagne épouse le ciel, quelque part dans les Alpes-de-Haute-Provence. La jeune femme devait atteindre le sommet du Teillon culminant presque à 2000 mètres d'altitude, un mont immense, arrondi, qui l'impressionnait par sa singularité. Il différait des autres montagnes. Il les surpassait par sa masse imposante et élevée, mais se distinguait aussi par une physionomie radicalement opposée : le Teillon, dépourvu d'arbres, s'enorgueillissait de son précieux alpage.

Cependant, avant de pouvoir goûter aux joies de la haute montagne, il lui fallait traverser le territoire de la souffrance.

Imen marcha des heures durant sous une chaleur écrasante, asphyxiante, à travers un paysage inhospitalier aux allures désertiques, marqué par de petites montagnes de terre sablonneuse à la couleur écrue, parfois grise, pauvres en végétation.

La fournaise torturait son corps.

Imen, en sueur, suffoquant, frôlant la déshydratation, ressentit maintes fois des étourdissements. En effet, elle n'avait emporté qu'une gourde contenant un litre d'eau, une erreur qui pouvait lui être fatale en ces lieux isolés. Par conséquent, Imen se désaltérait rarement.

Imen n'était pas seule à subir le martyre du soleil.

Elle entendit le supplice de la nature. Elle ne perçut aucun gazouillement de passereaux, aucun croassement de corbeaux, ni le moindre miaulement de buses. Imen ne fut pas non plus saisie par le bruissement furtif des plantes et des buissons, trahissant la présence d'un lézard ou d'une vipère se précipitant dans ces refuges à l'approche d'un danger.

La nature souffrait en silence. Elle endurait la torpeur patiemment, courageusement, sans aucun apitoiement jusqu'à ce qu'elle se dissipe. Elle attendait ainsi la fraîcheur et l'humidité, offertes par la nuit, qui la soulageraient des terribles maux supportés pendant la journée.

Elle subissait, patientait sans se plaindre, en rêvant de ce jour où de gros nuages déverseraient leurs larmes sur une terre craquelée, poussiéreuse, torturée.

Imen accompagnait la nature dans sa douleur. Elle aurait dû imiter le comportement des animaux – pendant les heures les plus chaudes de la journée, ils s'abritaient à l'ombre et sommeillaient –, mais Imen était trop obstinée à atteindre son but.

Sous le vif rayonnement estival, les pierres renvoyaient des éclats éblouissants. C'étaient des lumières de feu qui brûlaient ses prunelles et ses fines paupières. Les muscles de ses jambes semblaient se déchirer dans l'interminable ascension du col serpentant les pentes du Teillon. Son corps réclamait l'eau, mais Imen ne put étancher sa soif. Sa langue était sèche. Alors, elle rêvait d'une fontaine tapie dans un fourré au bord du chemin, d'un ru pour y tremper ses pieds meurtris par la pénible marche.

Au cours de sa souffrance, Imen savoura quelques bonheurs. Elle y repensa pour parvenir au dépassement de soi. Elle y pensa sans cesse.

Imen avait rencontré un village aux allures fantomatiques. Elle l'avait visité tranquillement, brisant ainsi sa cadence infernale.

Elle avait erré sur une pelouse parmi les cinq maisons qui subsistaient. Leur délabrement conférait une atmosphère lugubre et inquiétante. Elles étaient toutes éventrées, décapitées et éborgnées par les outrages du temps. En leur intérieur, vidé de tout mobilier, gisaient des poutres pourries, des amas de pierres envahis par les ronces, des sauvageonnes aux longues tiges arquées, armées d'aiguillons cruels, conquérantes des lieux délaissés par les hommes.

Miraculeusement, seules résistaient les vieilles portes d'entrée, s'accrochant désespérément à leur bâti. Chacune fut clouée d'un chardon bleu qui avait perdu sa couleur. Imen avait comprit rapidement le symbolisme des panicauts. Leur magie protégeait du « mauvais œil ». Les yeux redoutables des sorcières, de certaines vieilles femmes terrorisaient. Un seul de leurs regards suffisait pour lancer des sortilèges et porter malheur aux occupants d'une maison ainsi qu'à leurs biens. Subrepticement, l'idée qu'une quelconque malédiction s'était abattue sur le village traversa son esprit. Incendies inexpliqués, maladies, invasions de rats furent autant de raisons plausibles. Mais Imen redevint vite plus rationnelle et chassa ces superstitions ancestrales : l'exode rural fut, de toute évidence, à l'origine de l'abandon des habitations.

Au cours de sa montée harassante, Imen se souvint du petit éden posé intentionnellement au pied du col par une nature bienveillante. Une délicate attention permettant au randonneur de puiser les forces nécessaires pour parvenir au sommet du Teillon.

Imen s'y reposa.

Elle s'était réfugiée sous l'ombrage d'impressionnantes sentinelles. Elle s'était couchée dans l'herbe verdoyante, avait respiré à pleins poumons l'air humide, bercée par le murmure cristallin d'un petit ruisseau. Pendant son demi-sommeil, elle avait, de temps en temps, ouvert les yeux sur les énormes troncs des saules blancs aux formes parfois étranges. Leurs innombrables petites feuilles vert argenté formaient un rempart, une masse impénétrable aux rayons solaires afin de préserver la précieuse humidité. Puis, elle s'était abandonnée à des rêveries, un voyage dans l'univers des *salix*.

Elle se retrouva à l'époque de la Grèce Antique où le saule délivra ses vertus curatives concernant les fièvres malignes, fréquentes dans les milieux insalubres. Hippocrate recommandait la tisane de feuilles de saule afin d'atténuer les douleurs. Ensuite, Imen se transporta au Moyen-Age qui conférait des charmes précieux au saule. Elle imagina des sorcières emmanchant leur balai confectionné avec du bois de saule blanc. Et lorsque le sabbat était terminé, les vestales venaient retrouver leur vrai visage de jeune femme en se réfugiant à l'abri d'une saulaie. Poussant les pieds dans l'eau, dans des milieux hostiles propices à la maladie, ces arbres entretenaient le mystère grâce à leur milieu difficile à pénétrer et, par conséquent, refuge des esprits malins. Enfin, elle se représenta des paysannes, vêtues de longues robes, assises sur la souche d'un saule afin d'apaiser le feu d'ardeurs qui les tiraillaient trop… car l'arbre, ne produisant pas de fruits, devint le symbole de la chasteté !

Ses nombreux pas et sa persévérance eurent raison du parcours ardu. Imen atteignit enfin le sommet de la montagne qui se mariait avec le ciel. Une savoureuse récompense.

Un léger vent frais berçait ses cheveux, essuyait son visage emperlé de sueur. Elle se délectait à respirer un air vivifiant.

En guise de triomphe, Imen avait l'impression de dominer le monde parce que là où elle se trouvait, elle surplombait toutes les autres montagnes.

Imen promena son regard sur un panorama grandiose de vallées, de chaînes de montagnes boisées, de plateaux verdoyants. Elle discerna, au creux d'une vallée étroite, la petite route qui l'avait conduite dans ce pays. C'était la *Via Salinaria*, tracée sous l'empire romain afin de transporter le sel, si précieux pour la conservation des aliments, depuis les sources de Castellane, d'où il était extrait, pour le mener jusqu'aux bords de la Méditerranée à Cagnes-sur-Mer.

Imen jeta son sac à dos, se déchaussa et fit fuir des dizaines de sauterelles en s'allongeant sur l'herbe rase, roussie par le soleil. La prairie fleurait bon la sècheresse, une odeur proche du foin.

Elle reposa son corps longuement, savourant tout ce que la nature lui offrait. Ici, il n'y avait que la montagne, les sauterelles qui la charmaient de leur récital, l'olympe et elle-même. Imen était heureuse loin de la civilisation, heureuse de pouvoir goûter au silence et admirer cet immense espace. Imen riva ses yeux sur le ciel avec délice. Elle plaçait son bonheur dans l'émerveillement, dans l'instant, et non pas dans la possession effrénée des biens qui faisait courir chaque jour de nombreux matérialistes vers un soi-disant bonheur s'évanouissant dès qu'ils l'attrapaient. Car le bonheur, par la satisfaction et les plaisirs matériels, est un leurre, un état de perdition malsain procurant un enthousiasme évanescent qu'il faut combler par de nouveaux désirs, par le plaisir de posséder encore et toujours plus. Une recherche à l'échec annoncé, car le matérialiste s'enlise dans un désir qui reste à jamais inassouvi. Une manière de vivre aveuglante : le bonheur est pourtant là, dans l'instant, dans les valeurs, dans les passions, dans la méditation… tout proche, prêt à être cueilli, mais le matérialiste ne le reconnaît pas.

Une petite tête poilue, au museau effilé et légèrement pointu, regardait Imen de ses yeux marron attendrissants. C'était un petit chien, au pelage fauve, qui venait lui rendre visite.

Imen s'assit, prit délicatement la tête du griffon entre ses mains et posa son nez contre sa truffe. Puis, elle le caressa et le complimenta sur sa gentillesse. L'animal lui répondit en remuant la queue ; un signe de satisfaction.

Les moutons qu'il gardait ne devaient pas être loin.

Imen se rechaussa, se leva, empoigna le sac à dos et suivit le chien dans l'immensité des alpages. Il la conduisit jusqu'à son maître.

C'était un vieil homme croulant sous une lourde redingote usée. Son visage rond, souriant et son petit nez lui donnaient une physionomie bien sympathique. Ses joues rubicondes respiraient l'air vivifiant de la montagne. Comme tout vrai montagnard, il s'appuyait sur un long bâton, un précieux et fidèle soutien pour la marche.

Dès qu'il vit Imen, le berger s'exclama :

– La montagne réserve toujours des surprises. Aujourd'hui, c'est votre venue. Ah ! Si j'étais plus jeune, je ne vous cache pas que je vous aurais fait la cour… mais malheureusement, je suis trop vieux.

Le rire clair d'Imen se mêla à celui du vieux monsieur, enroué. Imen profita de cette rencontre afin de savoir dans quelle direction se situait le lieu dénommé Les Quatre Termes.

– C'est là-bas, au fond, où il y a la barrière rocheuse. (L'homme tendit le bras vers le nord.) D'ici, vous apercevez un passage dans lequel vous y trouverez un bénitier. De l'autre coté de ce passage, il y a des champs qui ne sont plus cultivés depuis longtemps.

– Savez-vous pourquoi l'endroit s'appèle ainsi ?

– Ah ! C'est une longue et très ancienne histoire. C'était il y a longtemps, très longtemps ; ces champs cultivés par les romains étaient délimités par des bornes des champs, c'est-à-dire des bornes en pierre appelées terminis ou termes si vous préférez. Selon la légende, il paraît qu'avant d'enterrer le pied de la borne dans son trou, il fallait commencer par un sacrifice. Ils brûlaient une victime animale et dans le trou, ils faisaient égoutter son sang. Ensuite, ils y jetaient des graines, du thym, de la sarriette et brûlaient par-dessus des rayons de miel imprégnés de vin. Enfin, ils plaçaient le terme. C'était un rituel pour protéger la borne… car toucher aux bornes, à cette époque, était un sacrilège. C'est une légende. Je suppose qu'il devait y avoir dans ces champs quatre bornes, d'où le nom Quatre Termes. Quant au bénitier, il sert à appeler la protection de Dieu. La montagne est parfois dangereuse.

Vivement intéressée par ce vieux monsieur, Imen poursuivit la conversation :

– Vous restez ici pendant tout l'été ?

– Ah ! Je suis un vrai berger qui a toujours vécu avec son troupeau et ses chiens. Regardez ! Simba, c'est le petit griffon et Oscar, c'est le beauceron noir. Oui, je suis ici pendant tout l'été… Une fois par semaine, quelqu'un me monte les provisions. Pendant la journée, je suis mon troupeau dans cet immense alpage. Je le laisse libre de ses mouvements, puis la nuit venue, je le parque autour de la petite bergerie qu'on ne peut pas voir d'ici. La nuit, je ne dors que d'un œil. Je connais le bêlement de mes moutons. S'il exprime un danger quelconque, je suis là pour le protéger… C'est un beau métier qui vous apprend à contempler la nature, à la respecter, mais les jeunes d'aujourd'hui ne font pas ce métier avec passion. Ils ne vivent pas avec leurs bêtes, laissant la surveillance du troupeau à des pauvres chiens esseulés. C'est une honte. Ils salissent l'image du vrai berger, de cette harmonie qui règne entre l'homme et l'animal. Ils sont trop feignants, veulent une vie de famille, une vie normale avec des loisirs… dans ce cas, on ne choisit pas ce métier… (Les yeux tournés vers l'alpage.) On ne se lasse jamais de cette immensité, de cette liberté et de cette quiétude. Vous pouvez croire que chaque journée se ressemble, mais détrompez-vous, chaque jour m'apporte une richesse que vous ne pouvez soupçonner. Je suis fier de pouvoir dire que j'appartiens à cette nature. Je suis le seul à pouvoir observer les marmottes qui sont ici très farouches. (Il regarda Imen et lui présenta son bâton.) Avec ce bâton, je sauve la vie à mes bêtes. Dès que je rencontre une vipère, je la tue parce qu'il en est ainsi. Enfant, j'ai été mordu par une vipère. À l'époque, il n'y avait rien pour vous soigner. Pour me sauver, on m'a marqué au fer rouge. Pour un enfant, c'est une épreuve traumatisante. Je reconnais avoir tué beaucoup de vipères pour sauver des vies… (Son visage s'illumina.) Tenez ! Regardez ! Tous ces oiseaux ! Ce sont des culs-blancs. On les appèle ainsi parce que leur croupion est blanc immaculé. Ils m'accompagnent pendant tout l'estivage. J'aime ces oiseaux. Regardez celui-ci, sur la petite butte. Admirez la façon dont il sautille sur le sol avec des mouvements de révérence, balançant lentement sa queue. Ecoutez son chant étrange ressemblant au craquètement des brindilles d'un feu. (Fixant son regard sur Imen.) Je dois vous parler du matin. Ici, dans la montagne, chaque matin offre des spectacles grandioses. Imaginez. Le soleil se lève lentement, ramène à la vie la montagne endormie et ses premiers rayons, encore faibles, font scintiller des milliers de perles d'argent déposées pendant la nuit par la nature sur chaque brin d'herbe… Vous dévoiler toutes les beautés de cette nature serait trop long. Je fais corps avec cette nature, presque humaine, que je considère comme ma fiancée. C'est une jeune femme qui ne vieillit pas. Je me régale de ses sourires ensoleillés, de ses aurores où elle s'éveille peu à peu ; j'accepte ses colères venteuses et je partage ses larmes venant du ciel… Pour moi, le temps n'existe pas et c'est sans doute un grand privilège. Je ne cours pas après lui comme ces citadins où le temps est haché, disséqué. Vivre ainsi est dramatique. Moi, je fais corps avec le temps, je le prends par la main et marche avec lui. Cela m'apporte la sérénité. Méditez sur mes paroles. Elles éclaireront votre vie… Ah ! Mon troupeau s'en va vers là-bas. Je vais les rejoindre. Bonne promenade, mademoiselle. Quel dommage que je sois trop vieux pour vous !

Le berger, d'un pas habile pour ses quatre-vingts ans, rejoignait ses moutons. Imen le regarda s'éloigner. Elle l'admira. Elle venait de rencontrer la vraie liberté.

Imen marchait sur l'immense ventre arrondi de la montagne présentant parfois quelques imperfections onduleuses. La soif la tenaillait toujours, mais la jeune femme n'y pensait plus. Au loin, une brèche dans la grande barre rocheuse calcaire, légèrement plissée, retenait son attention.

Imen rencontra d'autres marcheurs, se dandinant et se délectant de quelques sauterelles. Les grands corbeaux s'envolèrent dès qu'ils aperçurent la jeune femme pour atterrir un peu plus loin et retrouver leur tranquillité.

Cet oiseau la fascinait. Ce frère de l'homme pouvait affronter les climats les plus rudes. Au cœur de la nuit polaire, son haleine se transforme en un voile de glace sur son plumage ; sous le soleil d'Egypte, sa livrée est brûlante : aucun autre oiseau n'y résisterait ; dans les déserts de Gobi, du Sahara…, il fouille tout ce que les caravanes laissent derrière elles. Doté d'une grande intelligence, le corbeau fait l'apprentissage de la vie, accumule les expériences et peut vivre aussi longtemps que l'homme !

Imen s'abstint de toute comparaison avec les corbeaux du songe. Elle ne voulait pas sombrer dans l'obsession onirique.

Puis, elle s'engagea dans le couloir étroit, pas très long et donnant sur des champs. D'emblée, son regard repéra le bénitier naturel, à la forme imparfaite, miraculeusement empli d'eau alors que la pluie se faisait attendre depuis le début de l'été.

Selon les directives de Mme Truc, Imen devait boire l'eau sacrée de la cavité.

Elle s'en approcha sans se poser de questions sur le réel fondement de cette première épreuve. Agacée par un de ses lacets défait, Imen ignora l'anfractuosité. En fait, elle obéit à une réaction machinale – c'est-à-dire échappant à toute réflexion – de vouloir nouer le lacet.

Imen se courba, puis se redressa aussitôt, surprise par le fracas d'un projectile lancé violemment contre la roche et qui venait de frôler sa tête.

Effarée, le cœur battant, Imen tourna instantanément son regard en direction des champs.

Une forme drapée dans l'étoffe noire, légère, et précieuse d'une cape à capuchon, brillant sous le soleil, se sauvait d'une manière aérienne par la crête rocheuse. La mouvance de ce corps dissimulé entraînait le costume dans une danse ondoyante, gracieuse, imitant les battements d'ailes. L'homme-oiseau s'enfuyait avec élégance, donnant l'illusion de raser la roche. Imen le suivit du regard jusqu'à ce qu'il s'évanouisse dans l'immensité.

Un spectacle à la fois beau et effrayant. L'inconnu était un initié qui avait tenté de l'assassiner.

Puis, Imen posa ses yeux sur « l'arme du crime » qui aurait dû percuter sa tempe au moment où elle s'apprêtait à boire l'eau.

La pierre gisait dans le bénitier. Elle était de la taille d'un poing. Son impact avait laissé une marque blanche sur la roche.

Imen ôta la pierre, la jeta au loin. Puis, elle plongea sa main dans l'eau, la ressortit tout en emprisonnant dans sa paume un échantillon du sacré qu'elle porta à ses lèvres. L'eau n'avait aucune saveur particulière.

Sa première mission était accomplie.

Imen noua son lacet, puis s'échappa pour se réfugier au plus vite dans sa voiture.

Dans sa folle course, Imen n'admirait plus le paysage. La peur la rongeait. En fait, son corps déployait une force et une résistance étonnantes. C'était une formidable machine développant un puissant dynamisme pour répondre à l'instinct de survie.

De terribles tourments la malmenaient. Imen craignait que son agresseur ne surgisse à tout moment…

Commotionnée, elle se répétait inlassablement : « On a essayé de me tuer », « on a attenté à ma vie » ; ces mots, reflets de la cruelle réalité, martelaient atrocement sa tête.

Des images effrayantes assiégèrent aussi son esprit. Elle imagina le regard satanique de l'Homme en noir, la pierre heurter son doux visage et le sang jaillir.

Le fracas résonnait encore en elle.

Dans ce chaos se mêlaient des interrogations.

Comment l'homme pouvait-il être au courant de la quête qu'elle menait ? Etait-il le gardien de la source de vie ? Avait-elle traversé un territoire interdit aux profanes ?

Imen avait fui les alpages avec l'agilité d'un lièvre.

Elle avait déjà dévalé les pentes du Teillon avec l'assurance d'un chevreuil bondissant, de temps à autre, par-dessus les pierres entravant le chemin.

Elle avait traversé les hauts plateaux arides, alternant le pas de course et la marche rapide, puisant sans cesse l'énergie qui lui restait au plus profond de son corps épuisé. La soif se faisait toujours ressentir, mais elle s'était inclinée devant le danger qui animait le corps et l'esprit de Mlle Darel. Elle attendait patiemment, depuis longtemps, d'être étanchée et témoignait de la souffrance de ce pauvre corps frêle dont la vitalité s'essoufflait.

Son cœur battait la chamade à l'approche de la butte arborant fièrement les vestiges du village. Parmi les vieilles pierres agonisantes, la vision spectrale de l'homme-oiseau la hantait. L'initié pouvait surgir à chaque instant.

Les sinistres ruines offraient un cadre idéal à une mise à mort souhaitable, anéantissant ainsi cette quête interdite.

L'austérité du hameau qui se mourrait exacerbait sa peur. Son extrême inquiétude fit redoubler ses efforts pour quitter au plus vite les lieux. Elle descendit en quelques minutes plusieurs petites montagnes, s'engouffra dans l'habitacle de son véhicule, ô combien sécurisant, et s'empressa de se verrouiller.

Ses angoisses s'envolèrent et son corps martyrisé trouva enfin le repos.

Imen démarra aussitôt, rejoignit le village de La Rivière, tout proche, pour se garer devant une fontaine sans artifice.

Imen but goulûment à la bouche de l'édicule. L'eau fraîche, savoureuse, cristalline, se jetait dans un petit bassin rectangulaire. Tout en se délectant, Imen imaginait l'émergence du précieux élément caché dans les montagnes alentours, ayant conservé toute sa pureté originelle dans cette nature depuis toujours préservée.

Désaltérée, Imen promena ses yeux sur un charmant potager, derrière la fontaine. Des tomates joliment tuteurées s'harmonisaient à merveille avec le vert bleuté des choux, le vert vif des salades, et le violet des aubergines.

Des perles d'eau suintaient de son menton. Ses yeux se levèrent naturellement, sans raison, vers les quelques maisons alignées. Elle croisa alors les regards perçants de quelques habitants curieux derrière la froideur des plaques de verre de leurs fenêtres.

Ils l'épiaient sans doute depuis un moment. Leur visage sévère reflétait un sentiment empreint de méfiance et d'hostilité envers ce que la jeune femme représentait : une personne qui n'appartenait pas au village et qu'ils ne connaissaient pas, présentait un danger éventuel. Leur regard noir exprimait clairement et avec force que l'intruse devait quitter les lieux.

Imen devina immédiatement leurs pensées dans leurs yeux inquisiteurs. Elle obéit aux ordres silencieux donnés par les villageois.

Elle fuit, à bord de sa Mini Cooper, les montagnards rustres, suspicieux, inhospitaliers qui l'effrayaient. Cette peur s'ajoutait à celle engendrée par la tentative d'assassinat.

Malgré son malaise et la prise de conscience de la dangerosité de la quête, Imen était encore enflammée par la rage de vaincre et par l'espoir de retrouver la sérénité, une force précieuse pour braver l'inconnu.

Une longue attente

Des carnivores attablés, affamés, dévoraient avec un plaisir intense la viande au point d'avoir leurs lèvres et leur menton trempés de sauce au sang. De leurs incisives, ils déchiraient les tendres morceaux baignés de jus ; des gouttes couleur lie-de-vin se formaient puis tombaient dans leur assiette. D'autres rongeaient longuement de petits os pour détacher la chair. Certains mastiquaient patiemment du gras. Souvent ce tendon résistait et pour parvenir à l'avaler, les mangeurs devaient ruser. Ils pressaient de leurs molaires le morceau, puis le tendaient de leurs doigts, comme un élastique, pour l'émietter. Ils pouvaient alors broyer de leurs grosses dents les bribes afin de rassasier leur appétit féroce.

Cette scène vivante était à l'image du cadre morbide de la salle à manger où chaque pan de mur présentait fièrement son trophée de chasse.

D'impressionnantes hures, insérées dans un encadrement de bois en forme de fleur de lys, assistaient, effarées, impuissantes, au spectacle des carnassiers qui se déroulait sous leurs yeux.

C'était peut-être leur propre chair, celle de leurs proches que les mangeurs heureux mâchaient, broyaient, engloutissaient. La mort servait de festin et créait l'euphorie.

Poursuites effrénées, cors de chasse, chiens jappant, cavaliers joyeux, bêtes traquées, prises au piège, sang… figés sur la toile célébraient la chasse au Moyen-Age. Les nombreux tableaux, exposés près des têtes naturalisées, embellissaient la pièce par leurs vives couleurs. Tous dépeignaient le même acharnement des chasseurs ; le même affolement, la même terreur et les mêmes souffrances du gibier.

Des cavaliers endimanchés de tuniques chatoyantes, poursuivaient la plupart des proies, accompagnés d'une meute courant la gueule ouverte.

Pour l'événement, les chevaux étaient aussi parés de leur plus bel harnachement : plaque frontale de cuivre, pompons de couleur, grelots et clochettes relevaient leur majestueuse allure.

Le noble, talonnant la malheureuse proie, armé d'un arc ou d'une lance, était aidé dans son prestigieux exercice par ses valets, ses pages et son précieux veneur soufflant dans son cor de chasse afin de guider les chiens.

Certaines représentations sanguinolentes montraient la supériorité du chasseur. La flèche bien affûtée avait transpercé le cœur du chevreuil ; les hampes au fer pointu triomphèrent de la « férocité » d'un sanglier baignant dans son propre sang.

D'autres peintures, plus discrètes, dressaient le portrait de paysans en hardes fades portant sur leurs épaules des lièvres étranglés au collet ou tenant, par leurs pattes, des faisans au plumage éclatant de bleu, roux, blanc.

Une serveuse pria Imen de s'installer dans ce décor exécrable à une petite table, près d'une grande fenêtre, à l'entrée de la pièce. De par la disposition du couvert, elle tourna le dos à la grande salle où déjeunaient une quinzaine de personnes. Ainsi, Mlle Darel se plaça devant une belle cheminée dont la saillie arrondie était ornée d'une énorme tête de sanglier. La hure, de forme triangulaire, armée de canines proéminentes, en imposait. L'animal, réputé pour son agressivité, donnait ici une impression de docilité avec ses petits yeux tendres, son gros groin et ses grandes oreilles.

Ce face à face la dérangeait vivement. Imen était végétarienne par philosophie, pour le respect de la vie. Elle ne pouvait donc apprécier que ce porcidé ait été tué au nom du sport, du divertissement et pour le plaisir du palais. Une activité désuète. Depuis longtemps, il n'était plus nécessaire de chasser pour subsister.

Imen imagina l'animal menant une vie tranquille avec sa famille, se cachant le jour dans l'épaisseur des forêts et ne sortant qu'au crépuscule afin de retourner le sol de son groin pour se nourrir de racines et de vers. Il a suffi d'une balle pour supprimer sa précieuse existence et terminer dans l'assiette des sanguinaires.

Peinée, Imen s'efforça de ne plus croiser le regard de la mort et préféra admirer le paysage de prairies verdoyantes se prosternant au pied de la montagne de Lachens, une immense pineraie.

Malgré la chaleur estivale, la cheminée était allumée pour griller des saucisses. Les flammes de l'âtre se tordaient, exécutaient une danse endiablée, improvisée et rythmée de temps en temps par quelques pétillements indissociables du folklore du foyer. Mais ce son sec, si agréable à l'oreille, exprimait en réalité le râle des morceaux de bois sacrifiés dont les flammes se nourrissaient. En y songeant, Imen frémissait à chaque crépitement.

Il arrivait parfois que des flambées plus audacieuses parviennent à effleurer la chair des saucisses qui s'en trouvait rougie. Une forte odeur boisée mêlée à la graisse l'incommodait. Quelle idée saugrenue d'allumer cette cheminée en plein été ! Il régnait dans la pièce une chaleur étouffante.

– S'il vous plaît.

La patronne, de forte corpulence, âgée d'une cinquantaine d'années, lui présenta aimablement le menu.

– J'étais en train d'admirer ce coin de paradis empli de quiétude.

La dame opina :

– Ça se voit que vous n'êtes pas d'ici. Vous êtes venue pour découvrir la région ?

Imen acquiesça d'un signe de tête.

– Et bien, détrompez-vous ! Depuis l'arrivée de l'étranger, on n'est plus du tout tranquille. Nous n'avons que des malheurs.

Imen, interloquée :

– Mais comment cela se fait-il ? Il est si méchant ?

– Oh oui ! Il s'est installé avec sa femme, il y a deux ans, vers le bois, sur la petite route qui rejoint celle menant à La Bastide. Il loue des chambres d'hôtes et cultive des légumes biologiques. À cause de lui, le mauvais sort s'acharne sur notre village. Depuis son arrivée, il ne pleut presque plus, ce qui met en péril nos cultures ; on a eu des incendies vers les Baux ; des couples ont divorcé ; le père Gustave a attrapé une pneumonie ; des volailles sont mortes d'une maladie mystérieuse ; mon commerce marche moins bien... Enfin, il serait impossible de tout vous citer, car ce serait trop long.

– Mais pourquoi imputez-vous toutes ces catastrophes à cet homme ? Ce n'est tout de même pas sa faute s'il ne pleut pas assez !

La patronne insista. La haine se lisait sur son visage.

– Parce que c'est l'étranger ! Dans chaque village, aux alentours, lorsqu'un étranger s'installe, il y a toujours des malheurs. Ici, c'est la même chose. Par leur méchanceté, leurs mauvaises influences et leurs vilaines pensées, ils nous détruisent peu à peu. C'est ça, un étranger chez nous. Nous ne lui adressons pas la parole, ne le servons pas dans nos commerces, ne lui rendons aucun service et lui faisons une mauvaise réputation pour faire fuir ses clients. Nous l'espionnons, le critiquons à ceux qui ne le connaissent pas... Enfin, nous tentons de le faire fuir, mais l'ennemi résiste. Qu'est-ce qu'il vient chercher ici ? Pourquoi a-t-il quitté sa région ? Comment connaître son passé ? C'est un étranger et on ne peut rien savoir de lui. Sa femme, on ne la voit jamais. Elle doit avoir peur de nous. Tout ira mieux quand il sera parti.

– Et d'où vient-il cet étranger ?

– Oh ! Il ne vient pas de trop loin. Il est de Manosque.

Sur ces mots, la patronne s'approcha de la cheminée pour tourner quelques saucisses, puis sortit de la salle.

Les propos de la dame l'outrèrent. L'intolérance infondée, irraisonnée, acharnée envers celui qui n'est pas l'enfant du pays et, par conséquent, rendu responsable de tous les aléas de la vie quotidienne l'effraya. Par ailleurs, elle entrevit dans ces paroles une suspicion excessive, reflet de l'ignorance dans laquelle s'enlisaient les habitants du village.

Comment ce courageux étranger parvenait-il à supporter la haine, la calomnie, l'injustice et la bêtise ?

L'attitude déplorable des villageois la dépassait.

À la lecture des menus, Imen afficha une moue de dégoût. Elle ne fut pas surprise d'y découvrir des mets de venaison, en parfaite symbiose avec le cadre de la salle et la nature environnante. La chair était à l'honneur dans la cuisine locale : charcuterie de montagne, terrine de lièvre, de merle ou de grive en hors-d'œuvre ; filet chasseur de chevreuil, daube de sanglier, émincé de lapin de garenne au pain d'épice et truite aux amandes en plat principal. Enfin, il ne fallait pas oublier le plat du jour composé des fameuses saucisses de porc qui doraient sous ses yeux.

Imen imagina l'œil blanc gélatineux de la truite frit à la poêle, les gestes du cuisinier dépouillant, vidant, désossant, découpant le lapin pour diviser sa chair ou soumettant au parage les pièces de sanglier et de chevreuil : une action minutieuse pour ôter les nerfs, la graisse et les impuretés.

Elle chassa ces insupportables visions, puis commanda à la carte un assortiment de crudités et des ravioles au fromage.

La faim la tenaillait. S'étant levée tardivement, harassée par la randonnée de la veille, Imen n'avait pas pris de petit-déjeuner. Son estomac vide s'impatientait par des gargouillis et il lui semblait même que parfois il se tordait. Elle attendit l'entrée, le regard posé sur la grande forêt giboyeuse. À cette période de l'année, les sangliers, les chevreuils, les biches… y vivaient paisiblement, mais dès septembre la tranquillité des bois cèdera aux jappements des chiens, à la traque, aux coups de fusils, aux massacres.

– Espèce de vieille garce ! Tu ne t'en sortiras pas comme ça. Tu ne perds rien pour attendre.

Une grosse voix masculine, venant du couloir, insultait la patronne ou une serveuse. Très vite, un individu grand et maigre déboula dans la pièce en hurlant « mauvaise femme », « vieille garce » pour s'asseoir à une petite table, près d'Imen, d'où il pouvait observer toute la salle à manger.

Imen abandonna instantanément ses pensées et ne put s'empêcher de dévisager le grossier personnage présentant des traits durs. Son long nez et sa pomme d'Adam saillante l'intriguaient sans raison. Ses cheveux noirs bouclés n'avaient pas été coiffés depuis longtemps. Elle le jugea rustre, sauvage, exempt de tout sentiment.

L'homme se rendit compte rapidement de l'observation excessive de sa voisine. Il lui jeta un regard perçant et foudroyant. Imen, presque honteuse de son insistance, porta aussitôt ses yeux sur l'âtre de la cheminée. À cet instant, la patronne lui servit l'assiette de crudités soigneusement présentée.

– Le menu, méchante femme ! Je veux tout de suite le menu !

La patronne ne se laissa pas impressionner et le traita avec égards comme chacun de ses clients.

– Oui, oui ! Tenez ! Le voilà !

L'homme la retint pour passer aussitôt sa commande.

– Je viens ici pour te casser la baraque !

Il s'adressa à l'assistance :

– Allez voir dans la cuisine. Les casseroles sont sales. Il n'y a pas d'amour, pas de passion dans tout ce qu'on vous sert. Ce n'est pas normal qu'un gratin dauphinois soit brûlé sur le dessus ou que les pommes de terre restent collées au fond du plat. Quand ils vous servent des œufs, ils ne savent même pas, ces imbéciles, qu'il faut donner du poivre. Ah ! (Très fort.) Et que dire des lentilles ! Vous avez déjà vu un plat de lentilles sans saucisses de Morteau ? Hein ! Non ! Et bien ici, ça existe. C'est un comble ! Ils se foutent du monde. Je vous conseille de ne jamais remettre les pieds dans ce restaurant sinon vous serez maudits ! Vous irez en enfer. J'espère que vous m'avez compris.

Personne ne répondit. La présence de cet énergumène créa une ambiance glaciale. Les convives qui riaient jusqu'alors osaient à peine se parler.

Imen sentit souvent que l'étrange homme la fusillait de ses petits yeux cruels. Elle devait feindre de ne pas s'en apercevoir et éviter de le défier du regard au risque de provoquer un esclandre.

La patronne réapparut dans la salle pour lui servir une terrine.

Il s'exclama :

– Pourriture !

L'homme s'adonna alors à un comportement très insolite. Au lieu de consommer le pâté, il le jeta dans un sac en plastique, puis hurla :

– J'ai pas de temps à perdre. Je veux la suite du menu.

La patronne se précipita alors vers la cheminée, une assiette à la main, pour retirer deux saucisses bien dorées et les servir au perturbateur. L'individu prit aussitôt l'assiette pour en vider le contenu dans son sac. Puis, il se remit à observer Imen qui dégustait des ravioles.

Pourquoi la regardait-il ainsi ? Etait-il informé de la mission qu'elle menait ? Représentait-elle un danger ? Etait-ce l'Homme en noir des Quatre Termes ?

La patronne revint avec une assiette de frites et ne put contenir son exaspération :

– Mais enfin monsieur, c'est du gâchis ! Vous n'avez aucun respect pour la nourriture. Ce n'est pas la peine que je vous serve les frites.

L'homme, ricanant :

– Et maintenant, elle me vouvoie ! Donne-moi cette assiette de frites. (Il lui arracha des mains.) Et regarde ce que j'en fais ! (Il jeta le contenu dans le sac.) C'est moi qui aurais dû avoir ce restaurant. Tu n'es qu'une voleuse, une ensorceleuse, une vipère. Je ferais tout pour que ton affaire ne marche plus.

Il se leva, tapa du poing sur la table :

– Que le diable t'emporte !

Puis, il quitta les lieux, emportant son repas.

La patronne, troublée, s'excusa auprès de ses clients, s'inquiéta qu'ils ne manquent de rien, les soigna. Mais lorsqu'un consommateur la questionna indiscrètement, alors son visage s'empourpra de honte, contrastant remarquablement avec sa jupe et son tricot en manches courtes bleu marine.

Ce fut manifestement une mésentente familiale, mais Imen ne participa pas à la discussion. Elle savourait une coupe de glace à la framboise, d'un air très inquiet, l'esprit encore imprégné du regard féroce que l'individu lui avait adressé juste avant de se lever de table. Une conduite déconcertante. C'était sans doute une réponse à son offense : elle avait osé dévisager un phallocrate. Cette attitude s'avérerait compréhensible lorsque l'homme est persuadé de sa domination suprême sur les femmes.

Mlle Darel abandonna ses pensées, la table, la salle pour rejoindre une petite chambre au deuxième étage.

Elle prépara le sac à dos pour poursuivre la quête à Comps-sur-Artuby.

Elle se remémora la phrase de Mme Truc : « Résister devant la croix indiquée par Saint-André, en fin d'après-midi. » La vieille dame avait insisté sur un point important : résister à tout prix devant la croix.

Cela ne motiva pas Imen qui craignait que l'on attente à sa vie. Elle hésita à quitter la chambre. L'hostilité de l'étrange individu la préoccupait. Ce regard dur, terrifiant qui pouvait être celui d'un initié la sommait de renoncer à son devoir. L'homme, connaissant les lieux sacrés, savait par conséquent que la jeune femme sc rendrait à Comps au cours de l'après-midi. Le danger serait donc inévitablement au rendez-vous.

La peur éprouvée la veille l'enlisait dans une sorte de psychose, celle de croiser des ennemis non identifiables. Un raisonnement excessif, mais aucune hypothèse ne devait être écartée.

Dans un grand soupir, Imen chargea le sac à dos sur ses épaules, saisit les clés de la Cooper posées sur la table de chevet, puis quitta la chambre poussée par l'impératif de tenir sa promesse.

La route menant à Comps traversait de verdoyantes prairies dominées par les majestueuses forêts du Lachens, du Malay et du Brous. Imen était attentive aux petits paysages se succédant de part et d'autre de la voie. Elle se délectait à croiser de nombreux chemins pittoresques dont la terre écrue, avivée par l'éclat du soleil, se détachait parfaitement de la verdure environnante. Ces sirènes de la nature séduisaient les promeneurs, les incitaient à s'évader, à venir fouler leur sol pour les conduire vers un ailleurs meilleur et en faire des naufragés de la montagne.

Imen était bien tentée de céder aux charmes de ces chemins, de s'arrêter sur chacun d'eux, de les emprunter pour découvrir où ils menaient. Vers des champs, des villages reculés dans les montagnes, des curiosités ? Son avidité resta inassouvie, car il lui fallait accomplir sa tâche.

De vieilles fermes délabrées aux murs lézardés, quelques corbeaux, beaucoup de buis précédèrent le lieu-dit La Souche. Un superbe pont médiéval à arcades enjambait l'Artuby pour rejoindre le hameau. Il marqua l'entrée dans la vallée.

Un paysage grandiose se dévoila : des coteaux verdoyants et fertiles regardaient vers le nord l'aridité des Plans de Provence. Un contraste saisissant.

Une éminence, coiffée d'une église, dominait l'écran de verdure. Imen reconnut la chapelle Saint-André. La sentinelle annonça l'arrivée sur Comps.

Après un virage, l'entrée du village, puis un feu rouge. Lors de cette attente forcée, Imen regarda de nouveau l'imposant tertre et son église. Ils donnaient beaucoup de caractère à la cité ainsi qu'un sentiment d'orgueil aux villageois. Un immense dessin décorant la façade de l'Hôtel des Gorges rappelait l'attachement des habitants à la curiosité naturelle et ne laissait pas indifférent le visiteur. Une diligence dirigée par deux cochers s'éloignait de l'église, juchée sur la butte, par un chemin muletier. La couleur marron de l'œuvre créait une superbe harmonie avec l'enduit jaune paille du mur. C'était une incitation au voyage, à la rêverie, à la nostalgie.

Ensuite, Imen suivit scrupuleusement le panneau « Parking des chapelles ». Elle passa par des ruelles étroites et tortueuses. Le périple s'acheva près d'une église ombragée de marronniers centenaires.

Imen continua à pied.

Elle gravit une petite route goudronnée. De nombreuses trouées laissaient apercevoir l'édifice. Il en imposait. Impressionnée, Imen négligea les maisons, les placettes, les fontaines qui l'entouraient. Rejoindre la chapelle l'obsédait. Imen posait souvent son regard sur le bâtiment.

La route devint un long chemin pavé bordé de buissons, puis une majestueuse allée, au bout de laquelle se dressait la noble chapelle blanche flanquée d'un clocher-tour et d'un corps rectangulaire correspondant à la nef.

Les tuiles vernissées qui couvraient les arêtes de la tour attirèrent aussitôt ses yeux. Les couleurs bleu, vert, noir, jaune pâle, orange miroitaient sous le soleil. C'étaient des « tuiles à loups » caractérisées par de petits bulbes creux percés occupant leur dos. Lorsque le souffle du vent du nord les traversait, il émettait un sifflement dont la tradition rapportait qu'il éloignait les loups.

Imen se rendit près du bel édifice. La blancheur des pierres était éclatante ; la porte d'entrée, très petite ; quelques discrètes fentes laissaient pénétrer la lumière et l'air.

Ici, il n'y avait pas de croix. Aux alentours, non plus. En contrebas, le village, dominé par le bois Duou, se ramassait au pied de la butte.

Imen décida d'atteindre le sommet du tertre. Quelques pas entre les pierres sur l'herbe rase suffirent pour rejoindre le belvédère situé derrière l'église.

Avant de chercher la croix, la jeune aventurière se laissa transporter par le panorama. Elle promena son regard sur la plaine. Les Plans de Provence, plateaux calcaires arides battus par les vents, à la pauvre végétation de buis, de chênes blancs, de pins sylvestres enfouis dans une terre sableuse contrastaient avec les prés verdoyants enjolivés de peupliers, de bosquets, de hêtres, de tilleuls et d'aulnes isolés.

Vers le nord-est se dressait fièrement, au-dessus d'une dense forêt, un nid d'aigle géant, Bargème, couronné par les restes de l'enceinte défensive et par les ruines du château médiéval de Ponteves.

Ce beau navire échoué sur un rocher, à l'agonie, renfermait la tragédie de son maître, Antoine de Ponteves, égorgé lors des guerres de Religions par les villageois, au cours d'une messe.

Ce drame sanglant rappela à la jeune femme l'omniprésence du danger et, par conséquent, de ne pas se fier à la quiétude des lieux.

Plus près du tertre, les eaux émeraude de l'Artuby s'écoulaient paisiblement. Imen posa ses yeux sur les profondes gorges taillées par la rivière, un site superbe de falaises calcaires auxquelles s'accrochaient désespérément de nombreux buissons.

Juste en dessous, un chemin serpentant au milieu de buis s'achevait sur un belvédère surplombant le défilé et ses grottes naturelles. Un endroit dangereux, idéal pour commettre un meurtre parfait – en jetant la victime dans le précipice – maquillé en accident.

Fort heureusement, Mlle Darel ne vit pas de croix dans ces parages qu'elle s'interdisait d'approcher.

Imen se tourna ensuite vers le sud. La fameuse chapelle Saint-André, bâtie en 1100 par les Templiers, était supposée lui indiquer l'emplacement de la croix.

De son piédestal, Imen pouvait mieux apprécier l'édifice : la nef, l'abside coiffée de lauzes gris clair. Les superbes tuiles couvrant le clocher, assemblées selon leur couleur, représentaient des triangles et des losanges. Au premier abord, ces figures semblèrent purement décoratives. En réalité, elles délivraient un message. Leur symbolisme suggérait sans doute la position de la croix. Mais Imen ne parvint pas à décrypter ce langage où tout signe, porteur de sens, ouvre l'esprit sur l'inconnu et l'infini.

La frêle croix pointant au faîte de la toiture ne l'intéressait pas.

À l'ouest, la vue donnait sur des champs et des bois.

En scrutant le paysage dans toute son étendue, Imen ne repéra pas l'objet. Elle porta alors son attention sur les pentes du tertre, parfois couvertes de fourrés, et dont le relief devenait chaotique et encaissé à l'approche des gorges. Sans succès.

Imen persista à examiner tous les recoins de la butte et finit par discerner en contrebas, cachée par quelques buissons, une grande croix, humble et discrète, gardienne de la chapelle.

S'en rapprocher, en dévalant le talus, s'avérait dangereux.

Imen fit donc des détours, descendit des versants doux, marcha sur de petits coteaux, escalada des rochers pour enfin se retrouver sur les premiers contreforts de la butte.

La grande croix en fer, d'une hauteur d'environ un mètre cinquante, plantée entre l'est et l'ouest, présentait un aspect rudimentaire très aéré.

Imen s'assit en tailleur sur un sol rocailleux, face au soleil, délivra ses épaules du sac à dos, puis riva ses yeux sur la croix.

L'intérieur de ses larges branches était ornementé de nombreux cercles vides symbolisant la perfection, l'unité, l'éternité. En son cœur, un cercle plus épais et plus grand scellait la convergence des quatre points cardinaux.

Imen s'interrogea longuement sur la phrase de Mme Truc. Que signifiait exactement le terme « résister » ? Ne pas céder sous l'action d'un choc, d'une force ? S'opposer à la violence de quelqu'un ? Supporter une situation, un état sans faiblir ?

La jeune femme délaissa la croix pour contempler cet immense espace, un lieu où la souveraineté de la nature donne un sentiment de liberté à celui qui la côtoie.

Une légère brise rafraîchissante effleura son doux visage, berça ses longs cheveux noirs. Quelques touffes de grandes herbes folles aux tiges vertes et aux hampes paille – les fétuques – entamèrent une danse inachevée, frôlant avec délicatesse ses menus bras hâlés.

Puis, Imen plongea ses mains dans le sac à dos, sortit des pâtes de fruits, des barres énergétiques aux céréales ainsi que la gourde. Elle occupa son attente à déguster l'en-cas.

Imen dominait quelques maisons proches les unes des autres, entourées de feuillus, perdues dans l'immensité, aux confins du plateau désertique et de la forêt. Là-bas, c'était La Souche. Ce nom, qui évoquait la partie de l'arbre restant enracinée après l'abattage, liait le hameau à son passé, celui de la coupe de bois. Mais elle s'égarait. Imen n'accomplissait pas rigoureusement sa mission. Au lieu de « résister devant la croix », elle admirait le paysage.

Alors, elle porta de nouveau son regard sur l'objet et attendit. Quoi ? Elle n'en savait rien.

Elle se remémora les paroles du vieux berger : « Pour moi, le temps n'existe pas. Je fais corps avec lui, je me fonds en lui, je lui prends la main et marche avec lui. Méditez sur ces paroles. Elles illumineront votre vie. » Elle tenta d'appliquer cette philosophie.

Savoir attendre longtemps, sans irritation, ni lassitude était une conduite vertueuse.

Imen devait profiter de cette attente pour prendre conscience à chaque instant du bonheur, celui de prendre le temps de vivre, de respirer, d'observer, de découvrir, d'écouter, de profiter des rayons du soleil caressant sa peau. En se fondant dans le temps, son attente rejoignait la sérénité.

Elle étudia encore les innombrables cercles de la croix. Leur forme enveloppante, symbole de protection, lui rappelait la bague talismanique, l'anneau amulette, protégeant les doigts de la main, instruments naturels d'émission et de réception du fluide magique pour celui qui le possède.

Imen se retournait souvent, furtivement, craignant la présence d'ennemis. Une petite barre rocheuse créait un couloir naturel menant aux gorges. Cette configuration offrait non seulement une excellente cache pour les initiés, mais aussi un lieu tranquille pour conduire de force la victime jusqu'aux falaises. Comment pourrait-elle résister à leur violence ? Imen n'était pas de taille à se défendre, ne disposait d'aucune arme, n'était pas rusée.

Elle vérifiait chaque son suspect : la chute d'une pierre, le grincement d'une branche, un bruissement dans les fourrés… Le chant de la nature effrayait.

La cloche carillonna dix-huit heures.

L'attente, les yeux rivés sur la croix, durait depuis plus de deux heures et il ne s'était toujours rien passé.

Imen espérait la manifestation de quelque chose, car elle interprétait la phrase de Mme Truc ainsi, mais il était possible que cette attente soit vaine : en fin de compte, il ne se passerait peut-être jamais rien du tout. Il fallait tout simplement attendre.

Après mûre réflexion, la jeune femme fut convaincue que l'épreuve consistait à ne pas céder à la tentation de quitter les lieux. Son expérience représenterait alors une échappée hors du temps qui ne pourrait s'accomplir que par la maîtrise de soi, en puisant dans l'intensité de sa vie intérieure. Elle devait sortir du temps pour pénétrer dans un autre univers. Elle n'entrevit pas d'autres vérités.

Subitement éblouie par une violente lumière, Imen ferma les yeux.

Des rayons de feu l'inondaient, avec acharnement, sans faiblir.

Imen devait résister à l'intense chaleur d'un faisceau solaire. Telle était la terrible épreuve.

Son corps martyrisé par l'éclat ruisselait de sueur.

Les virulents rayons brûlaient atrocement son visage, enfonçaient avec délectation leurs aiguillons dans ses fines paupières.

La fournaise, impitoyable, l'étouffait.

Imen rêvait d'air frais et pur, de baignades dans les eaux vives de l'Artuby, de se désaltérer d'eau glacée… Une obsession qui l'aidait à résister.

Puis, l'intense lumière faiblit, apaisant progressivement son corps meurtri. Comme pour se faire pardonner de sa mauvaise conduite, la nature envoya un peu de fraîcheur. Lorsqu'elle ne ressentit plus de brûlures sur ses paupières, Imen ouvrit les yeux.

Dans le paysage, rien n'avait changé.

Imen grelottait et souffrait dc terribles douleurs aux articulations. Mais paradoxalement, elle se sentit bien. L'énergie solaire l'avait apaisée, libérée de toutes toxines, de tout stress. Imen renaissait. Une profonde sérénité l'avait envahie.

Imen tenta de comprendre ce qu'il s'était passé. Grâce à des conditions favorables obscures, les rayons solaires s'étaient engouffrés dans le cercle qui scellait la convergence des branches. L'alchimie créa ainsi un puissant faisceau lumineux, une manifestation bienfaitrice de la nature, une étape nécessaire à la réussite de la mission.

Imen quitta la croix dans un état euphorique, rejoignit sa voiture et fila vers l'Hôtel du Lachens.

Une question la préoccupait. Pour quelles raisons les initiés n'étaient-ils pas intervenus ?

La croix, sacralisée par sa symbiose avec l'astre solaire, inspirait sans doute le respect. Leur absence devait être dictée par le code : ne pas enfreindre les phénomènes naturels.

Imen éprouvait une étrange sensation d'invincibilité. Une impression agréable mais éphémère, car les affres du péril guettaient…

Dangereuses rencontres

Longer la rivière dans ses moindres méandres par un layon était un véritable enchantement. Bercée par le doux murmure du Jabron, dont les eaux glissaient sur d'innombrables pierres ancrées dans les sédiments gris-noir endémiques de la région, Imen ne cessait de s'enivrer de subtils parfums. La fraîcheur exhalait à la fois les effluves des bois humides, des pierres mouillée, des rives boueuses…

Curieusement, Imen n'était plus tourmentée. Elle se promenait tout en savourant une agréable sensation de sérénité et de quasi-insouciance, malgré les mauvais présages oniriques qui restaient gravés dans sa mémoire. Etait-ce le faisceau lumineux qui la libéra de ses angoisses ? Imen aimerait croire aux pouvoirs de cette lumière salvatrice, mais elle opta pour la rationalité et préféra conférer un concours de circonstances fortuit à cet événement.

Imen descendit parfois dans le lit du Jabron sur les rares plages pour s'émerveiller, pour mieux s'imprégner de son atmosphère. Les eaux limpides offraient en bordure des berges de profonds « trous d'eau », refuges des truites arc-en-ciel. Imen n'observa aucune autre vie dans le Jabron : pas de barbeaux, ni de grenouilles, crapauds ou têtards… Elle s'amusa à soulever quelques pierres baignant dans les eaux vives, puis les retourna jusqu'à ce qu'elle trouve, accrochés sous certaines d'entre elles, de petits vers emmitouflés dans de fragiles coquilles cendrées de forme conique : c'étaient des porte-faix, utilisés parfois comme appât par les pêcheurs.

Les cours d'eau la fascinaient depuis sa tendre enfance.

En poursuivant sa paisible randonnée, Imen se remémora cette sempiternelle question enfantine qu'elle posait toujours à son père lorsqu'elle rencontrait un cours d'eau : « Où est-ce qu'elle va la rivière ? » La réponse fut invariablement la même : « Toutes les rivières rejoignent la mer. » Cette affirmation l'embarrassait. La petite fille peinait à imaginer le parcours de la rivière jusqu'à la mer d'autant plus qu'elle n'avait jamais rencontré de cours d'eau se jetant dans la Méditerranée. Le mystère demeura pendant plusieurs années. Depuis, son intérêt pour les réseaux hydrographiques perdurait.

Imen s'empressa alors de suivre sur une carte le parcours du Jabron. Affluent du Verdon, lui-même affluent de la Durance dont les eaux se déversent dans le Rhône qui s'évanouit dans la Grande Bleue.

Imen regardait rarement le chemin, trop occupée à découvrir le paysage de la rivière. Tout la charmait : un tronc d'arbre en travers des flots ; les touffus osiers sur la rive ; des îlots de sable gris ; de petits barrages naturels formés de branches et de pierres ; des cascatelles… Son regard se nourrissait de la vie de la rivière jusqu'à ce que le sentier s'éloigne des berges pour s'enfoncer dans la forêt car, en aval, le Jabron s'engouffrait dans un petit défilé. Après avoir triomphé d'une petite butte garnie de pins et de buis séculaires au parfum amer, Imen ne s'attendit pas à rencontrer un paysage aussi féerique.

Au sortir de la petite gorge, un grand miroir émeraude scintillait. L'eau pure, suffisamment profonde, charmait le visiteur pour l'inciter à flirter avec la beauté cristalline. Afin que le loisir soit des plus agréables, la nature avait même aménagé une grande plage de sable gris perle conviant à un bain de soleil.

Imen choisit de déjeuner sous l'ombrage d'un feuillu, près de la grande rive. Elle se délecta du paysage jusqu'à ce qu'elle soit intriguée par l'attitude singulière d'un pêcheur posté plus en aval, là où le Jabron retrouvait sa physionomie. En fait, l'homme, en tenue de pêcheur, ne disposait d'aucun matériel. Il ne pêchait pas. Planté au bord du cours d'eau, il parlait, riait, s'agenouillait et s'exclamait avec une gestuelle omniprésente. L'inconnu dialoguait sûrement avec une personne qui se trouvait de l'autre côté de la rive, dans la forêt. Malgré une observation attentionnée, Imen n'aperçut aucun interlocuteur. Le faux pêcheur ne parlait à personne. Finalement, la jeune fille se rendit à l'évidence : le personnage s'adressait à l'eau ! Etait-ce l'idiot du village ou bien un individu aussi étrange que Mme Truc, récitant des incantations ? Ses interrogations ne restèrent pas longtemps sans réponse, car le monsieur la héla et lui fit signe de le rejoindre : apparemment, ce qui se passait dans les eaux semblait extraordinaire.

Imen obtempéra. Elle rangea ses affaires dans le sac à dos, puis alla à la rencontre d'un quadragénaire encore svelte, mais paraissant plus vieux par son physique négligé. Édenté, le visage gonflé au teint écarlate par l'abus d'alcool, le crâne chauve, il était disgracieux malgré la finesse de ses traits.

Il s'exclama avec allégresse :

– C'est sensationnel ! Vous n'allez pas en croire vos yeux. Regardez !

L'homme posa son regard sur les eaux claires, puis lança :

– Ursule, Ulysse, venez dire bonjour à la dame. Allez venez !

À cet impératif, deux corps fusiformes irisés s'approchèrent de l'étrange individu. C'étaient des truites arc-en-ciel, de redoutables carnassières reconnaissables à leur bande colorée pointillée de noir.

L'homme s'accroupit afin de se rapprocher des poissons, puis leur ordonna d'une voix délicate :

– Et maintenant, allez chercher tous vos collègues qui sont là-bas dans le grand trou.

Les truites obéirent et revinrent au bout de quelques secondes accompagnées d'une dizaine de congénères. Le monsieur les félicita. Son visage souriant, détendu, radieux, reflétait une sensation de béatitude procurée par la docilité des truites. Puis, il leur somma d'exécuter des figures : nager en file indienne, puis en se croisant ; danser une ronde ; sauter hors de l'eau… Les exercices terminés, les poissons retrouvèrent leur principale occupation : la recherche d'insectes, de petits poissons, d'escargots pour se nourrir.

Ivre de félicité, l'homme s'exclama, tout en gardant un œil sur ses protégés :

– Ah ! Ces poissons sont admirablement intelligents. Saviez-vous qu'ils sont originaires d'Amérique du Nord et qu'ils ont été introduits dans les cours d'eau européens au 19e siècle… ? Et ! Là-bas ! Ignace ! Tu sais que je ne veux pas de bagarres. Alors, arrête ! (S'adressant à la jeune femme.) C'est comme une garderie d'enfants, parfois, il faut élever la voix.

Déconcertée, mal à l'aise, Imen prit enfin la parole :

– Est-ce que vous savez où se situe par ici le repaire des vipères ?

L'homme étrange ne répondit pas. Prisonnier de son univers, il n'entendit même pas la question. Il continua de parler à ses poissons, riant souvent de leurs acrobaties aquatiques, les encourageant et les guidant dans leur chasse.

Le singulier comportement de ce personnage la captiva. Individualiser chaque truite par un prénom et parvenir à les reconnaître ne relevait pas de l'exceptionnel. En effet, chaque individu se différenciait par sa coloration – gris argenté, gris jaune, jaune rosé, pourpre, bleu-vert…– mais aussi par ses petites tâches noires, plus ou moins régulières, plus ou moins nombreuses… Ils étaient uniques.

L'insensé émanait, en fait, de l'invraisemblable docilité des truites. Témoin d'une réalité se confondant avec la fiction, Imen ne réfuta pas l'authenticité du phénomène. Elle le considéra comme l'expression d'un magnétisme – certes inexpliqué – que l'inconnu exerçait sur les poissons. Cependant, Imen peinait à admettre que cette incroyable faculté se limite à l'orchestration de parades. Elle fut convaincue que le charme cachait d'autres effets magiques. En effet, pour être autant respectés, les poissons possédaient sans doute un don mystérieux, très précieux et subissaient, par conséquent, des entraînements pour échapper aux ruses des pêcheurs.

Cette situation atypique commença à l'effrayer. Cet inconnu, qui s'extasiait, était-il de ceux qui ne pardonnèrent pas la trahison de Mme Truc ? Participa-t-il à la « décision irrévocable » dont la vieille dame parlait ? Dans l'affirmative, la présence de cet homme ne relevait donc pas du hasard. L'inconnu devait empêcher l'aventurière de mener cette mission parce que Mme Truc devait s'éteindre. Cela semblait logique et l'homme, si guilleret, représentait alors l'un des dangers puissamment présagé.

Son analyse réaliste ou affabulatrice la fit frémir. Imen s'esquiva rapidement vers le coteau avoisinant la grève. Dans sa fuite discrète, vive et désordonnée, Imen fonçait indifféremment dans les tendres buis, dans les cades hargneux égratignant ses cuisses dénudées tandis que son visage et ses bras se blessèrent aux piquantes aiguilles des pins. Lorsqu'elle fut suffisamment éloignée, Imen se retourna vers la rivière : l'homme parlait toujours à ses poissons.

Mme Truc avait bien informé Imen : le layon s'évanouissait effectivement au sortir de la gorge. Privée de tracé, Imen s'en remit au hasard pour trouver le refuge des vipères au sommet du coteau dans une chênaie tapissée de fougères. Or, la hauteur n'offrait que buis, pins, mousses et halliers. Mme

Truc n'avait donné aucune autre indication. Imen erra alors dans un magnifique royaume sylvestre empreint d'une profonde sérénité. Le silence auguste était celui des hôtes de la forêt qui s'évertuaient à ce que rien ne puisse trahir leur présence, et ce, afin de préserver leur tranquillité. Seul le chant monotone du coucou, rythmé comme un métronome, résonnait depuis les profondeurs du bois. Peut-être se lamentait-il du pêcher commis dès les premiers jours de sa naissance ? Un curieux réflexe qui l'avait poussé à expulser les autres œufs du nid, qu'il parasitait, pour ne rester que le seul occupant.

Malgré une extrême attention, Imen brisait la quiétude des lieux. Chacun de ses pas faisait inlassablement craquer un sol cuivré d'aiguilles de conifères mêlées à des brindilles et des pommes de pin. Se fondre dans le silence c'était feindre de ne pas exister. Imen avait beaucoup à apprendre des habitants de la forêt. L'art de la discrétion, de la maîtrise de soi. L'art de vivre avec le danger.

En succombant aux charmes de la forêt, Imen oubliait parfois le péril. Les baumes résineux aux notes suaves et poivrées l'enivraient. La découverte des multiples visages du bois sacré la plongeait dans une sorte de frénésie.

Imen triompha des ronces, broussailles et autres embûches à chaque fois annonciatrices de nouveaux paysages. Elle traversa des vallons humides tapissés de mousse verte, se retrouva sur de grands replats boisés de pins, puis se perdit dans des labyrinthes naturels formés par les buis et enfin s'échoua vers le sommet de la montagne où le bois, plus clairsemé, présentait des espaces bien ensoleillés. Imen pensa être sur la bonne voie, car les vipères affectionnaient ce type d'habitat. Légèrement au sud, la rocaille et les belles fougères émeraude d'un petit bois de chênes frêles l'attirèrent dans le royaume terrifiant des vipères.

Elle s'arrêta. La phrase de Mme Truc lui vint à l'esprit : « Les serpents, ces vilains, sortent pour faire du mal et donnent mal à la tête. »

L'avertissement sembla exagéré, non seulement parce que les vipères s'enfuient ordinairement à l'approche des intrus et n'ont pas de réputation provocatrice, mais aussi parce que le bosquet serait rapidement traversé en raison de sa petite superficie. Il était par conséquent probable qu'elle ne rencontre aucun des ces habitants.

Confiante, Mlle Darel pénétra tranquillement dans le paisible territoire des ophidiens, puis avança prudemment, les yeux rivés sur le sol. Elle redoutait de marcher malencontreusement sur un aspic endormi se confondant avec le tapis végétal.

À mi-parcours, Imen n'avait pas encore perçu le moindre bruissement sous les plantes, trahissant la fuite d'un serpent, et s'en réjouissait. En effet, Imen appréhendait cette plausible rencontre bien qu'elle ne souffre pas de phobie, mais elle ressentait une aversion viscérale envers les reptiles. C'était en fait une crainte ancestrale qui perdurait dans la pensée collective. L'héritage des textes sacrés religieux, symbolisant au travers du serpent la malédiction, la perfidie, la trahison et la tentation, façonna cette répulsion.

Le serpent représentait par excellence l'incarnation du mal. Ne nomme-t-on pas « serpent » un être méchant et sournois ou « langue de vipère » une personne médisante ? Ne faudrait-il pas plutôt le considérer comme un être d'exception avec sa langue fourchue, son sifflement unique, sa morsure silencieuse et mortelle ?…

Soudain, la peur s'empara de tout son être.

Ce saisissement intense, consécutif à un coup rapide et puissant reçu sur le talon, s'exprima par une douleur vive au ventre et des difficultés à respirer. De toute évidence, l'auteur de cet événement – un serpent – aurait dû entraîner la fuite spontanée de la victime, reflet d'un instinct de protection, mais Imen réagit différemment à cette situation sans en connaître les raisons. Elle se retourna instantanément et découvrit une vipère de petite taille, au nez saillant qui, la tête relevée, soutenait de ses petits yeux le regard de l'intruse. Le reptile avait tenté de planter ses crochets venimeux dans sa chair, mais s'était heurté au cuir des chaussures de randonnée.

La vipère ne se découragea pas et osa affronter de face la jeune femme en rampant rapidement vers elle. Le cœur palpitant, Imen esquiva l'attaque en bondissant en arrière. Le reptile n'insista pas et alla se cacher sous des feuilles mortes.

Imen n'eut le temps de se remettre de ses émotions.

En voulant poursuivre sa traversée, elle se retourna sur un spectacle cauchemardesque.

Une armée de vipères se dressait devant elle, sifflant, la défiant du regard, attendant le signal de l'offensive. D'autres arrivaient en renfort, de toutes parts, sortant leur langue fourchue en signe de délectation.

Imen assista effarée à cette scène effrayante et presque irréelle : les vipères l'avaient encerclée pour l'empêcher de s'enfuir. Tous les regards la fixaient. Leurs yeux jaunes perçants dans lesquels se devinaient toutes les mauvaises intentions semblaient vouloir l'hypnotiser. De violents maux de tête accompagnés de sensations d'étourdissement l'incommodèrent. Ses ennemies guettaient sa chute inéluctable, le signe d'un assaut vers une jouissance physique, celle d'inoculer un venin mortel en mordant une tendre chair.

Certains aspics manifestaient déjà leur impatience pour goûter à ce plaisir charnel, en cherchant à doubler ceux placés en première ligne.

Le mal de tête s'intensifiant, son énergie l'abandonnant, Imen devait réagir au plus vite avant de tomber à terre. Brusquement, elle tapa vivement du pied sur le sol afin de tester la réaction de ses geôliers. Les reptiles restèrent maîtres d'eux-mêmes. Ils ne connaissaient pas la peur. Ils étaient déterminés à anéantir leur prisonnière.

Subitement, Imen fit un grand saut, droit devant elle, par-dessus les vipères, puis courut aussi vite qu'elle put, contourna le bosquet maudit, dévala le coteau. Éreintée, essoufflée, le crâne martelé par la douleur, l'aventurière s'écroula près d'un buis lorsqu'elle fut suffisamment éloignée du royaume diabolique. Elle s'assura qu'aucun des mollets ne porte l'empreinte des redoutables crochets… consciente de l'inutilité de cette vérification de circonstance, car elle n'avait pas ressenti la virulente douleur du venin. Puis, elle poursuivit plus sereinement son retour, marquée par des visions épouvantables. La phrase de Mme Truc s'explicita, mais Imen ne comprenait pas l'agressivité organisée des aspics. Une attitude anormale : d'allure souvent lente, les vipères ne deviennent agressives que lorsqu'elles sont vivement inquiétées. Or, pour quelles raisons sa présence sur leur territoire avait-elle engendrée un tel comportement ? Imen, qui avait traversé le site pacifiquement et silencieusement, n'eut pourtant pas l'impression d'avoir dérangé les ophidiens et ne pouvait donc représenter une menace.

En fait, les serpents protégeaient quelque chose. Ils voulurent sans doute l'empêcher de s'imprégner de ces fameuses atmosphères auxquelles Mme Truc faisait allusion. Mais comment expliquer ce brusque mal de tête ? L'origine était-elle psychosomatique, c'est-à-dire créée par l'alchimie entre un spectacle insoutenable et la peur, ou bien maléfique ?

Le sortilège semblait venir de leurs yeux. Les vipères tentaient ainsi de terrasser leur victime en la faisant souffrir d'une terrible névralgie, grâce à leur regard, avant de pouvoir achever le prisonnier avec délectation par leur mortelle morsure. Cette analyse absurde, irrationnelle refléta une certaine réalité. Imen n'avança aucune autre interprétation.

En rejoignant la rivière, à l'entrée de la gorge, Imen revit l'Homme aux truites. Toujours posté au même endroit, il ne bougeait pas et ne parlait plus. Attendait-il le retour des poissons partis dans les profondeurs de la vasque ? Imen, dont la violente migraine s'estompait peu à peu, marcha le plus discrètement possible, éloignée de la rive, espérant vivement ne pas être remarquée. Elle redoutait de glisser sur l'herbe ou de trébucher contre une pierre. La chute trahirait inévitablement sa présence.

Puis, Imen emprunta le layon, l'esprit apaisé.

À l'horizon se profila enfin sa Cooper garée sous un pin. Quelqu'un se tenait près du véhicule.

De temps en temps, Imen regardait dans la direction de la voiture, espérant à chaque fois ne plus apercevoir la personne, mais elle demeurait toujours au même endroit dans une immobilité absolue. Elle attendait.

Cette présence déconcertante l'intrigua durant tout son parcours. Imen était à l'affût de rares échappées afin de distinguer à chaque fois un peu mieux l'étrange personne ; une vieille dame, coiffée d'un chapeau de paille, un sac en plastique à la main.

La grand-mère se trouvait toujours près du véhicule. Son attitude laissait présager qu'elle attendait le chauffeur.

Lorsque la mystérieuse inconnue vit Imen, elle s'écria :

– Votre arrivée me fait plaisir. Je vous attendais.

Tout en s'approchant, Imen découvrit une femme de forte carrure, vêtue d'une blouse paysanne ternie ainsi que d'un châle de laine bleue protégeant ses épaules. Elle paraissait âgée mais son visage, quasiment dépourvu de rides, avait gardé une étonnante fraîcheur.

Imen ne répondit pas et se contenta de lui adresser un sourire tout en télécommandant l'ouverture du véhicule. La dame ouvrit aussitôt la portière pour s'installer près de la conductrice.

Ébahie par l'audace de l'inconnue, Imen s'exclama :

– Que faites-vous dans ma voiture ?

D'une voix éraillée, la dame répondit :

– Je suis fatiguée. Je suis vieille et j'ai jardiné pendant toute l'après-midi. Regardez là-bas (en pointant du doigt) de l'autre côté de la rivière, il y a pleins de jardins. (Imen tourna son regard et ne put qu'admettre la réalité.) J'habite au village de La Bâtie et je n'ai pas la force de faire tout ce chemin à pied. Le poids des années a affaibli mon pauvre corps.

Derrière des lunettes aux verres trop épais, ses petits yeux noirs imploraient la compassion.

Imen la dévisagea. Son teint éclatant la frappa. Il révélait l'effet salutaire de toute une vie passée à l'air de la montagne.

Attendrie, Imen jeta son sac sur la banquette arrière puis démarra.

La dame la questionna :

– Vous venez du trou du Diable ?

– Je ne sais pas. Où se situe-t-il ?

– Et bien, c'est le grand trou après les gorges. Vous avez été là-bas n'est-ce-pas ?

Imen acquiesça.

La dame rit :

– Soit vous êtes courageuse, soit vous n'étiez pas au courant des risques encourus.

Imen, extrêmement curieuse :

– Qu'est-ce qu'il y a de si particulier en cet endroit ?

– Les eaux du trou sont dangereuses. Malheur à celui qui les admire, car elles se réveillent alors pour former un tourbillon et aspirer le malheureux dans les profondeurs.

– Ce que vous me racontez n'est qu'une légende. Le trou ne m'a pas semblé profond.

N'acceptant pas que ses propos soient réfutés, l'importune haussa le ton :

– Ce n'est pas une légende. Beaucoup de personnes ont disparu à cause du tourbillon.

Imen n'insista pas et changea de sujet :

– Par contre, j'ai rencontré là-bas un homme qui parlait aux poissons. Vous le connaissez ?

– Connais pas !

L'intruse devenant désagréable, Imen ne parla plus. Elle se concentra sur la piste crevassée en maints endroits par les lits de rus asséchés. Les ruisselets naissaient lors des pluies torrentielles et creusaient à chaque fois un peu plus le chemin. En dépit d'une conduite douce, Imen n'évita pas les secousses.

Un silence malsain régnait dans l'habitacle jusqu'à ce qu'apparut un petit hameau au sortir de la piste chaotique avec en point de mire, de l'autre côté de la nationale 7, un joli petit village agrippé à une colline.

– Je vous dépose par ici ou en face, au village de La Bâtie ?

– Ah ! Non ! Ce n'est pas par ici que j'habite. C'est un peu plus loin sur la route qui mène à Castellane.

Imen ne prêta guère attention à ce changement d'idée. La mémoire jouait sans doute des tours à la vieille dame.

Elle emprunta la route Napoléon pour se rendre dans la bourgade castellanaise.

Au sommet du col de Luens, qui n'était qu'à environ cinq km de La Bâtie, Imen sursauta à l'exclamation de sa passagère.

– C'est par-là !

Imen obéit. Elle se gara sur une aire. L'endroit, environné de montagnes et de forêts, était dépourvu d'habitations et il n'y avait pas non plus de routes transversales menant à des villages ou à des fermes isolées.

– Vous en êtes vraiment sûre ? L'endroit me semble assez désert.

La vieille dame se ravisa avec un large sourire :

– Ah non ! Ce n'est pas là. Je me suis trompée. En fait, c'est après le deuxième tournant.

Était-ce un jeu ? Sa mémoire souffrait-elle de défaillance ? Connaissait-elle réellement sa destination ?

Imen reprit la route sans mot dire, très intriguée par l'attitude atypique de l'inconnue.

La route, côtoyant des bois et des précipices, descendait selon un tracé très sinueux. Imen rejoignit en peu de temps le deuxième tournant. Lorsqu'elle ralentit, la vieille dame cria :

– Ce n'est pas là, je me suis trompée ! Regardez, il n'y a que des tables de pique-nique dans cette forêt domaniale. Maintenant, je me souviens. Je dois aller au village de La Garde qui n'est pas très loin d'ici.

Imen poursuivit sa route sans protester. Le comportement de la dame parut d'autant plus étrange que désormais ses silences étaient entrecoupés de petits rires méphistophéliques. La jeune femme commença à vivement s'inquiéter. L'immobilité absolue de la passagère, depuis le début du trajet, les yeux exagérément rivés sur la route, ne la rassura pas non plus. Cherchait-elle à éviter le regard de la conductrice ?

En arrivant à La Garde, un petit village qui doit son nom à sa tour de guet faisant face au bourg, Imen sentit son cœur battre : elle s'attendait à essuyer la même réponse.

– Je vous dépose par ici, sur la petite place ?

La passagère rétorqua :

– Ah non ! Ce n'est pas là ! C'est un peu plus loin chère demoiselle.

À ces mots, la vieille dame daigna la regarder. Ses yeux effrayants exprimaient la fourberie, la supercherie, voire le vice.

Imen continua silencieusement le trajet, songeant à trouver une solution pour se débarrasser de l'importune. Au sortir du village, la dame bougea : elle déplia les bras pour tâter le sac en plastique gisant à ses pieds.

Providentiellement, Imen entrevit avec effroi la main : grosse, ferme, puissante, grande, velue, elle appartenait à un homme et paraissait dangereuse. Concomitamment à cette vision, ses doutes s'élucidèrent. La carrure, la voix rauque, les traits vulgaires correspondaient à une présence masculine. La jeune femme garda son sang froid, se remémora cette phrase de Mme Truc : « Le danger peut survenir à tout moment » ainsi que les présages qui insistaient tant sur le péril de la quête.

Audacieux, rusé, l'inconnu tentait par son habile stratégie de mener Imen vers des lieux isolés. Etait-il le gardien de ces atmosphères et de ces pouvoirs mystérieux ? Etait-il l'homme dissimulé sous la cape noire aux Quatre Termes ?

Désormais, il ne cessait de laisser éclater des rires sarcastiques et de regarder Imen de ses petits yeux cruels.

Il lança :

– Nous allons bientôt arriver.

Ces mots la firent frémir. Elle devait réagir au plus vite.

La route sinueuse dévalait toujours le massif. Depuis un certain temps, Imen avait aperçu dans les lacets, en contrebas, une Jeep Wrangler. Elle appuya sur l'accélérateur.

Sa conduite fut périlleuse. Ne ralentissant pas à l'entrée des nombreux virages, la voiture se déportait dangereusement. Sévèrement secoué, l'homme indésirable se cramponnait et s'inquiétait du changement d'attitude de la conductrice :

– Vous devenez complètement folle ! Vous allez nous balancer dans un précipice et nous tuer !

– J'aime la vitesse. Ça me procure des sensations fortes. D'ailleurs, je ne roule pas assez vite.

Imen accéléra sur une portion rectiligne et rejoignit la Jeep qui roulait raisonnablement. Elle fonça alors à vive allure sur le véhicule qu'elle déstabilisa par un léger accrochage.

L'homme hurla de sa véritable voix :

– Mais faites attention ! Vous allez nous tuer !

Imen fonça de nouveau, puis freina à l'instant même où elle heurta violemment l'automobile. La collision les ébranla durement.

Les deux voitures s'immobilisèrent

L'étrange individu profita du chaos pour détaler dans la montagne.

Imen était émue. Le fracas de l'accident volontaire et les cris de l'homme résonnèrent dans son esprit.

Le jeune conducteur de la Jeep, grand, brun, aux traits fins, descendit précipitamment. Il s'approcha, l'air menaçant. Imen sortit de sa berline, en larmes et le teint blême. Le jeune homme vociféra son mécontentement par des mots vifs. Imen tenta de lui raconter son histoire qu'il peinait à croire. Au cours de la discussion qui semblait interminable, Imen remarqua que le passager avait oublié d'emporter le sac en plastique. Elle paniqua :

– S'il vous plaît, pourriez-vous regarder ce que contient ce sac ?

Le beau garçon obtempéra sans mot dire, mais son visage reflétait un certain agacement. Il se dirigea vers le coté passager. La portière était restée ouverte. Il saisit le sac, prit l'objet qui s'y trouvait et l'exhiba en criant sa stupéfaction :

– C'est une hache !

À la vue du fer tranchant de l'outil, Imen fut pétrifiée. Elle imagina la grosse main de l'inconnu empoigner cette arme redoutable, d'une efficacité sans précédent, puis fendre puissamment son frêle corps sans défense pour ensuite achever son horrible besogne en le découpant en plusieurs morceaux.

Sans voix, hébétée, terrassée, le regard hagard, Imen avait rejoint son monde intérieur terrifiant, hanté par la hache et la mort.

Elle avait désormais pris conscience de la dangerosité de la mission.

Le temps semblait s'être arrêté.

La légende des neuf chapelles

Chaque été, ce fut l'éternel recommencement. Celui d'une déferlante touristique qui, avide de sensations et de dépaysements, nichait aux portes du grand canyon du Verdon, à Castellane.

En ce mois de juillet, le bourg n'échappa pas à une nouvelle invasion. Il se transforma en une ruche géante à l'incessante activité, mais paradoxalement il pouvait aussi offrir une retraite idéale à la réflexion.

Installée sur un petit banc ensoleillé, dans le jardin rocailleux de l'Hôtel du Verdon, Imen jouissait d'une vue imprenable sur une curiosité géologique exceptionnelle. Une gigantesque falaise calcaire, abrupte, coupée à pic, couronnée d'une chapelle, gardait la cité.

Ce remarquable site n'enthousiasma pas la jeune femme. Le teint blême, les traits tirés, son visage portait encore des traces de terreur. Imen se remettait péniblement des épreuves endurées la veille. Son engouement pour l'admiration des paysages n'était plus de circonstance.

Puiser la force et le courage dans la méditation répondait désormais à une nouvelle dynamique indispensable à la poursuite de la quête, car les présages de dangers et de mort dévoilés par le songe étaient en train de se réaliser.

Comment les initiés furent-ils informés de la mission ? Veillaient-ils discrètement sur les lieux sacrés indiqués par Mme Truc afin de repérer les éventuels profanes ? En s'imprégnant de ces atmosphères mystérieuses, Imen ne s'était-elle pas rendue involontairement coupable de sacrilège ?

Imen se rendit à l'évidence. Elle avait commis un acte gravissime à l'égard des initiés. D'ailleurs, la sentence dictée par le code envers les profanes se révéla très explicite : « Tuer ceux qui osent violer les lieux sacrés ». Un conseil ésotérique répressif veillait scrupuleusement au respect du règlement et confia son exécution à des bourreaux. En définitive, cette dangereuse société obscure semblait très structurée.

Imen jugea son analyse satisfaisante. Il ne pouvait exister d'autres vérités. Cependant, de nombreuses ombres subsistaient.

Comment reconnaître les initiés ? Que protégeaient-ils de si précieux pour vouloir supprimer la vie aux malencontreux intrus ? Comment eurent-ils connaissance de l'erreur de Mme Truc ?…

Renoncer à son devoir représentait une alternative très tentante, mais il lui fut inconcevable de condamner Mme Truc et d'être rongée jusqu'à la fin de ses jours par le remord. Imen se résigna à continuer la quête au péril de sa vie.

Comment pourrait-elle affronter des ennemis déterminés à l'anéantir ?

Imen leva les yeux sur le roc de Notre-Dame, démesuré, titanesque, indestructible. Elle voulut être invincible comme lui. Imen devait s'affranchir de toutes ses craintes et de ses angoisses afin de mener sa mission avec la rage de vaincre, avec cette même ardeur qui a toujours brûlé dans le cœur des castellanais. Leur vaillance triompha inexorablement des agressions passées. Au 9e siècle, ils se relevèrent de l'incendie de la cité provoqué par les Sarrasins. En 1536, les habitants résistèrent victorieusement contre les troupes de Charles Quint. Cinquante années plus tard, ils chassèrent héroïquement les Huguenots qui avaient assiégé le bourg.

À la lecture de ces quelques exemples mentionnés dans la brochure touristique, Imen comprit qu'il lui fallait s'armer de courage, de ruse et de ténacité pour braver les malfaisants.

– Alors, mademoiselle se remet-elle de ses émotions ?

Erwan François, son sauveur, venait de s'installer à une table de jardin. Imen ne l'avait pas entendu arriver. Il était le fils des propriétaires de l'hôtel et y travaillait comme serveur.

Imen, souriante, se leva, puis s'assit à la même table et lui répondit :

– Je méditais. Je tente de puiser ma force dans ce superbe environnement qui nous entoure.

Son regard se délectait du visage sublime du jeune homme dont le teint hâlé relevait de grands yeux noirs sertis de cils épais, des dents d'une blancheur frappante et de soyeux cheveux bruns. Erwan représentait pour Imen la beauté dans toute sa perfection. Mais aucun mot, aucun qualificatif, ni superlatif ne fut assez précis pour rendre une description parfaite et réaliste de ce visage ô combien angélique.

Erwan lui servit un verre d'orangeade.

– Tu as réfléchi ? Es-tu décidée à porter plainte ?

– Non, je ne porterai pas plainte et il est inutile d'insister sur ce sujet.

Une réplique aussi catégorique interloqua le jeune garçon :

– Mais enfin, c'est insensé ! Cet homme, qui est peut-être très dangereux, doit être signalé à la police. Je ne comprends pas du tout ton attitude. Que risques-tu puisque tu m'as affirmé ne pas connaître cet individu ?

– C'est vrai que je ne le connais pas, mais je dois mener à bien une mission afin de sauver une dame âgée sinon elle s'éteindra à l'équinoxe d'automne. Toutefois, je ne connais pas trop mes marges de manœuvre. Cependant, je suis convaincue que cet homme veut m'empêcher de réussir.

Imen se désaltéra tandis qu'Erwan, le visage sérieux, réfléchissait. Il ne tarda pas à relancer la conversation :

– La vieille t'a raconté des histoires à dormir debout. Et toi, pauvre fille naïve, tu l'as croit. (Soupirant.) Enfin, c'est ton choix, je n'y peux rien. Sache, malgré tout, que tu peux rester ici à l'hôtel autant de temps qu'il te convient.

Il but d'un trait son jus.

Malgré les frayeurs de la veille, Imen était radieuse. Son tee-shirt rose rehaussait son teint métissé et sa brune chevelure.

– Merci beaucoup. Je ne resterai que quelques jours, le temps de triompher des épreuves. À ce sujet, as-tu entendu parlé de l'existence de chapelles des Templiers dans la région ?

Imen n'eut le temps d'achever sa question qu'Erwan s'esclaffa pendant d'interminables secondes. Imen ne comprit pas sa désinvolture : le renseignement demandé n'invitait pas à l'hilarité.

– Ma parole ! On peut dire que tu affectionnes les légendes et les mystères… Tu ne préfèrerais pas plutôt que je te raconte l'histoire du *Petit Chaperon rouge* ?

Il rit de nouveau aux éclats.

Imen le regardait, impassible.

– Je plaisante… Je me calme. Soyons sérieux. De nombreuses légendes hantent la région. Tiens, par exemple, il paraît qu'autrefois un géant mi-homme, mi-bête, protégeait l'entrée des gorges du Verdon de toute incursion et capturait les troupeaux de bergers qui s'aventuraient dans ces solitudes inhabitées. Mais je sais, ce n'est pas cette histoire que tu veux entendre. (Il approcha son visage de celui d'Imen pour lui demander à voix basse.) Entre nous, en toute confidence, tu veux te lancer à la recherche du fameux trésor des Templiers ?

– Non pas du tout ! Je suis seulement curieuse de ce genre de récit.

Erwan, riant de nouveau à gorge déployée, s'abandonna contre le dossier de sa chaise, puis essuya ses yeux humides d'un revers de main.

– Personne ne l'a encore trouvé et d'ailleurs, je doute de son existence ! Enfin, puisque tu insistes et que tu es bien sage, voici l'histoire des neuf chapelles des Templiers. Le secteur délimité par Castellane, Soleils, Trigance, Jabron, Le Bourguet est encerclé par neuf chapelles templières, neuf comme le nombre de fondateurs de l'Ordre du Temple. Les initiales de ces chapelles forment le mot TEMPLARII, c'est-à-dire Templier. Il y a St-Thyrse (située entre Le Bourguet et Robion), St-Etienne à Taloire, St-Maur près de Castellane, St-Pierre-de-Bagarri vers Le Bourguet, St-Laurent à Jabron, Ste-Anne à Le Bourguet, St Roch à Trigance, St-Jean à Chasteuil et St Julien entre Jabron et Trigance. St-Thyrse serait la plus vieille chapelle templière d'Europe. Sa construction daterait de 1118, année de la création de l'Ordre à Jérusalem. Des souterrains la relieraient au château de Valcros ainsi qu'à la chapelle St-Trophime à Robion. Tu arrives à suivre mon discours ? (Imen approuva sans mot dire par un signe de la tête.) Tu vas voir, tout va te paraître plus clair. Je continue. Une tradition ancestrale voit dans les Templiers de Provence, les derniers gardiens des trésors spirituels et matériels de l'humanité confiés par des moines initiés ayant vécu en Orient et qui les sauvèrent des pillages et des incendies dans les premiers siècles de notre ère. Les Templiers les auraient mis en lieu sûr, dans une ville souterraine creusée sous le domaine de Valcros, au pied de la montagne de Bagarry par le premier Grand Maître de l'Ordre du Temple, Hugues de Bagarri de Pains…

Imen s'écria :

– Y aurait-il un tableau dans le château de Valcros ?

– Oui, il y a un tableau d'une surface de quatre mètres carrés. On a entendu dire que ce tableau représenterait en fait une carte géographique avec des cryptogrammes et des inscriptions qui permettraient de localiser l'entrée de la ville souterraine. Et pour terminer mon histoire, une des entrées de cette ville serait dans une falaise longeant le Jabron, au début de la route du Bourguet, dans le vallon de Rouissassou où sur un rocher fut déchiffrée cette inscription : « Tu es ici dans les terres de la vraie croix céleste dominant l'Eternité. » Enfin, cette fameuse ville abriterait soixante-douze coffres contenant le trésor matériel des Templiers… estimé à plusieurs milliards d'euros ! Voilà tout ce que je sais sur la légende des neuf chapelles.

Erwan se resservit un verre d'orangeade et l'avala d'un trait.

– Demain après-midi, je dois poursuivre ma mission au château de Valcros. Est-ce que cela te dérangerait de me prêter ta Jeep puisque ma voiture est chez le garagiste ?

Le jeune homme rit, puis se moqua :

– Qu'est-ce que tu veux aller faire là-bas ? Trouver les soixante-douze coffres ? Dans ce cas, il ne faut pas y aller avec ma Jeep, mais plutôt louer un camion !

Imen, sérieuse :

– Non, pas du tout. Je dois seulement aller voir le tableau. D'ailleurs, la vieille dame m'a bien spécifié de regarder le tableau jusqu'à ce qu'un événement survienne.

Erwan s'esclaffa une fois de plus :

– Laisse-moi rire ! Encore cette vieille ! Je ne comprends pas que tu puisses la croire. Voyons, ouvre les yeux ! Elle s'est moquée de toi. Et s'il ne se passe rien, tu vas rester plantée devant ton tableau pendant des jours et des nuits entières, voire des semaines ? Allons, c'est vraiment une mission ridicule. Enfin, puisque tu y tiens tant, je te prête volontiers mon véhicule et puis tu me raconteras, à ton retour, ce qui se sera passé.

Erwan se leva subitement, et débarrassa la table en un éclair.

Rassurée, Imen le remercia et le suivit des yeux jusqu'à son entrée dans l'hôtel.

Le récit flottait agréablement dans son esprit. Son pouvoir de fascination traversa les siècles, déchaîna les passions, la fièvre de faire fortune, et enflamma les imaginations, encouragées par des preuves concrètes. Car des réalités subsistaient. Imen les connaissait. L'appartenance des chapelles à l'Ordre des Templiers, l'inscription sur le rocher, l'existence du tableau représentaient-ils des indices permettant de découvrir un secret ? Délivraient-ils des messages seulement compréhensibles par les initiés ?

La jeune femme se perdait dans des interrogations sans intérêt.

Une phrase de Mme Truc traversa son esprit : « Observer le tableau jusqu'à la manifestation d'un phénomène. » Elle y réfléchit longuement, mais n'émit aucune supposition sur la nature de l'évènement. Devrait-elle admirer l'œuvre dans son ensemble ou bien en un point précis ? À supposé que rien ne se manifeste, cela serait-il annonciateur de l'échec de sa mission ?

Imen s'emprisonna dans de profonds tourments.

Couloirs inconnus

Tel un vaisseau échoué sur une oasis de verdure, le château de Valcros, à l'agonie, s'offrait à son ennemi le temps qui le meurtrissait peu à peu depuis plusieurs siècles.

Le teint blafard, le corps écaillé marqué par de profondes cicatrices, Valcros parvenait malgré tout à dominer une grande prairie d'herbes folles.

Le glas n'avait pas encore sonné : l'édifice qui avait conservé toute son imposante prestance résistait toujours. La toiture de tuiles romaines, assez bien conservée, coiffait un bâtiment rectangulaire à deux étages flanqué de deux tours. De nombreuses fenêtres aux diverses dimensions, petites, moyennes, carrées, rectangulaires, très étroites pour certaines, égayaient le bâtiment. Leur disposition respectait un alignement horizontal sur chaque niveau de la partie centrale alors que les fenêtres des tours, au nombre de trois, obéissaient à un alignement vertical.

L'entrée du château, dont la porte avait disparu, ne se situait curieusement pas au centre de la construction, mais était excentrée près de la tour ouest. L'embrasure, démesurée, ressemblait à une plaie béante dont la hauteur frôlait le deuxième étage. Elle laissait entrevoir un intérieur obscur, lugubre, un néant n'invitant pas à franchir le seuil.

Depuis son arrivée, Imen observait le château et méditait. Sa dégradation était la signification même de la rupture, de la vulnérabilité. Tout ce qui est construit peut être détruit comme tout ce qui est vivant peut être tué. Dans cette dualité qui anime tout être, mais aussi tout objet, la rupture représente la phase négative. Or, cette négation est la condition d'une renaissance et d'un renouvellement. Ce château en ruine n'attendait pas le coup de grâce, mais résistait pour prolonger son existence. Ainsi, à l'exemple de Valcros refusant la fatalité et l'involution, celui qui s'évertue à dominer ou à maîtriser un malheur accède à un autre niveau d'existence, plus riche, plus profond et exempt de futilités. Mais l'homme refuse de voir dans cette dualité sa vulnérabilité. Il se comporte alors comme un être invincible, éternel, supérieur, irrespectueux… et ne peut donc aspirer à la paix intérieure et à la perfection de son âme. Prendre conscience de la mort pour louer la vie, pour progresser, sans cesse, sur le chemin de la sagesse ; une précieuse maxime délivrée par les ruines qu'Imen grava dans sa mémoire.

Son symbolisme éveillait aussi de vagues images de belles jeunes filles endormies attendant le baiser salvateur d'un visiteur énamouré, ou de princes charmants languissant d'accueillir la voyageuse éblouissante. Parfois, les châteaux, aussi inaccessibles que désirables, apparaissaient dans les forêts et les montagnes magiques et disparaissaient comme des enchantements, quand s'approchaient des chevaliers au terme du mirage, afin de protéger leur pouvoir mystérieux et insaisissable. Etait-ce cela qu'Imen devait conquérir dans la mémoire confuse et dans l'inconscient du château éteint ?

Un volume semi-circulaire et rustique, accolé sur le flanc occidental, attira particulièrement son attention. Son aspect typique de l'art religieux renseignait clairement sur ce qu'il abritait : la chapelle absidale, gardienne de l'étrange tableau.

Cette révélation motiva plus que jamais Imen dans son entreprise. Elle était rassurée de ne pas avoir à chercher la toile dans l'antre peu avenante de Valcros, quelques pas seulement séparaient la chapelle de l'entrée principale.

Un épais roncier obstruait l'immense ouverture. Imen s'aida d'un bâton pour repousser délicatement les tiges épineuses ; certaines se pliaient sous le poids de ses pas posés prudemment. Dans sa lente progression, elle ne put éviter quelques cruels aiguillons. Imen se présenta devant l'entrée ténébreuse, les membres égratignés.

Ni la profonde nuit, ni l'odeur suffocante imprégnée d'humidité ne dissuadèrent Imen de pénétrer dans l'édifice. Elle avançait à tâtons, veillant à ne pas trébucher sur le sol dénivelé par l'absence ci et là de dalles ; et puis, très vite, elle se retrouva dans un vaisseau austère qui, plongé dans la pénombre, relevait l'éclatante lumière traversant de rares petites fenêtres. Un grand saint semblait se nourrir des quelques rayons. Le personnage figé sur la toile était si impressionnant qu'Imen n'osa pas s'aventurer dans l'abside.

Elle préféra rester dans l'obscurité ambiante, près des puissantes piles carrées supportant des voûtes, flanquées de demi-colonnes et couronnées de chapiteaux sculptés.

Demeurer dans l'espace vide de la chapelle répondait en fait à une signification très précise : le vaisseau invitait au grand voyage, celui de la vie spirituelle. Et l'examen minutieux du chef d'œuvre était en quelque sorte un voyage…

Imen découvrit un saint barbu, drapé de blanc, levant un flambeau vers un soleil or ; près de lui, posé sur un piédestal, un livre sacré, ouvert sur le mot VERITAS, recevait une lumière vive.

De l'autre main, le saint nimbé tenait des aiguilles géantes rappelant celles d'une horloge et dont les pointes touchaient le sol.

En arrière plan, une fenêtre haute, ornée d'une étoffe de jais, donnait sur un extérieur indéfinissable teinté de rouge feu. D'épais barreaux noirs croisés et légèrement désalignés la caractérisaient.

De l'œuvre jaillissait une lumière éclatante et captivante. Imen s'évertuait à contempler le tableau comme l'avait recommandé Mme Truc, espérant une inspiration soudaine, voire divine, qui lui révèlerait le message suggéré par le saint. Ainsi, en détaillant scrupuleusement la toile, Imen tentait de traduire chacun des symboles, puis d'établir un lien entre eux.

« Le saint, vêtu de blanc, incarne la pureté, la sagesse. » « La flamme, souffle de vie de la torche, serait annonciatrice de la découverte d'un trésor. » « Le soleil symboliserait la connaissance, la vérité, l'intuition. » « Le livre est révélation ; il renferme précieusement les secrets de l'univers. » « Enfin, l'importance du rouge se justifierait par le pouvoir conféré à cette couleur pour chasser l'esprit du mal, hostile au savoir et aux forces secrètes de l'inconscient. »

Bien que la plupart des symboles évoquent la connaissance, la vérité et le secret, Imen ne parvint pas à décoder le message.

Son observation excessive la plongea dans une ivresse incompréhensible engendrant un phénomène étrange : la scène semblait s'animer ! Le rideau noir se mouvait légèrement tandis que les yeux du saint papillotaient, éblouis par la flamme qui se tordait violemment.

En fait, Imen s'hypnotisait sur l'œuvre. Elle n'eut l'idée de poser son regard ailleurs que sur la toile. Prisonnière, elle s'était totalement abandonnée à l'étrange fascination du tableau.

Puis, le saint bougea la tête pour considérer profondément Imen.

Ce mouvement inattendu suscita chez la jeune femme un effroi terrible.

Son cœur épouvanté cognait violemment dans sa poitrine.

Son souffle s'arrêta quelques instants.

Tous ses poils s'étaient dressés d'horreur.

Tout son être espérait la fuite pour retrouver la sérénité, mais plutôt que d'obéir à cet instinct, Imen resta figée, le regard noyé dans les grands yeux noirs du personnage.

Lentement, le saint se redressa, ôta son coude du pupitre, quitta le décor et s'avança vers elle, sans la quitter des yeux, dans le léger son feutré de son épaisse robe, d'une blancheur extrême, balayant le sol.

Pétrifiée, Imen observait l'homme se rapprochant doucement et résolument. Elle ne put se détourner de ses prunelles perçantes qui exprimaient une colère intérieure.

Imen resta paralysée.

Elle se sentit au plus mal, ne maîtrisant plus ce corps qui ne cessait d'exprimer sa terreur.

De violentes acouphènes l'étourdissaient.

Imen serrait les dents et se répétait mentalement : « Ne tombe pas ; ne tombe surtout pas. » Il lui fallait puiser toute sa force au sein de son mental pour surmonter la menace, mais la peur déployait toute sa suprématie dans son incroyable ténacité.

En effet, la terreur fit brusquement naître une chaleur intense accompagnée de sueurs au niveau du thorax, du cou et de la tête. Ce trouble s'intensifia lorsqu'elle sentit le souffle du saint caresser son front.

Le personnage était désormais bien vivant. Troublée de voir son visage si près, Imen ne pouvait se défaire de ce regard qui semblait vouloir posséder son âme. En dépit de son opiniâtreté, elle ne réussit ni à s'enfuir, ni même à reculer d'un seul pas.

Pendant combien de temps devrait-elle encore supporter ce portrait aux traits agressifs, blême, ridé, enlaidi par une longue et épaisse barbe jaunâtre ? Quelles étaient les intentions du saint ? Comment ce phénomène extraordinaire pouvait-il se réaliser ?

Un étourdissement la fit vaciller. Tout alla très vite. Son corps et son esprit ne parvenaient plus à lutter. Les vertiges s'intensifièrent ; sa vision se troubla. Elle défaillit sous le regard de son geôlier.

Une légère brise s'était levée.

Elle s'approcha du corps inanimé, le réchauffa et le réconforta par d'affectueuses caresses.

Conviée par dame Nature, cette mère invisible veillait sur l'enfant, s'évertua à le ramener à la vie en faisant danser sans cesse ses longs voiles transparents. De leurs tournoiements naquit un petit air frais bienfaiteur qu'Imen respirait intensément.

Une profonde quiétude l'imprégnait agréablement.

Sur le long chemin de l'éveil, Imen s'enivrait des délices d'une nature bienveillante.

Elle se sentit allongée sur une couche douillette d'herbes chatouillantes. Un souffle délicat caressait son visage. Quelques brins de graminées la divertissaient en taquinant sa joue. Le chant perlé d'un rouge-gorge flattait ses oreilles.

Dans la brume de la somnolence, Imen entraperçut le bâti arrondi de l'abside. Brusquement, elle se souvint du regard perçant du saint. Puis, un jaillissement d'interrogations martela son esprit : « Je ne me rappèle pas être sortie du château ! J'étais pourtant bien à l'intérieur de l'abside en train de regarder le tableau. » « Comment ai-je donc quitté l'édifice ? » « Ma mémoire me joue-t-elle des tours ? » « La peur est certainement à l'origine de cette amnésie. Je suis forcément sortie dans un état second et j'ai dû m'affaler à cause d'une grosse fatigue sur les herbes folles. » « Ce saint n'a pu sortir du tableau, il n'a pas pu devenir vivant ; ce n'étaient que des apparitions, il n'y a pas d'autres explications. L'événement dont parlait Mme Truc correspondait à des hallucinations. J'ai réussi l'épreuve. » Subitement, d'étranges sifflements captivèrent son attention.

Imen s'évertua à soulever ses lourdes paupières pour voir ce qui se passait.

Quatre saints, ressemblant parfaitement au saint du tableau, s'étaient penchés sur son visage. Ils la fusillaient du regard. De leur gorge sortaient des sifflements stridents de serpents.

Imen referma immédiatement les yeux sur cette épouvantable scène.

Son corps se glaça.

Abasourdie par le retentissement infernal et constant des sifflements, elle sombra dans un profond assoupissement.

Dans son demi-sommeil, Imen percevait un environnement étranger quelque peu désagréable.

Assise à même un dallage rugueux, le dos et la tête appuyés contre un mur, elle souffrit de l'inconfort des lieux : un engourdissement lancinant avait assailli tout son corps tandis que ses jambes nues étaient comme transpercées par la froideur du sol.

Un air confiné, empreint d'humidité, incommodait sérieusement sa respiration.

Soudainement, la jeune femme ouvrit les yeux sur une atmosphère curieuse… De rares traits de lumière filtraient d'un plafond voûté, plongeant l'endroit dans un clair-obscur peu accueillant.

Imen observa longuement le lieu avant de s'apercevoir que des murs la cernaient. Peu à peu, sa vision s'accoutuma au demi-jour de la pièce et discerna en son centre une grande table en pierre épaisse, au plateau rectangulaire posé sur un socle parallélépipédique, flanquée de sièges cubiques. L'ensemble, façonné dans le granit, impressionnait par sa perfection géométrique.

Transie par les dalles froides, Imen se releva péniblement pour visiter ce qui ressemblait à une salle à manger austère. Curieusement, elle se sentit apaisée, détendue, délivrée de toutes les tensions nerveuses qui martyrisaient son corps.

Imen se déplaça lentement, traversa les doux rayons. Ses yeux s'attardèrent sur les pierres taillées avec une rigueur exceptionnelle.

De nombreuses questions la tourmentaient. Où se trouvait-elle ? Comment était-elle arrivée jusqu'ici ? Pendant combien de temps avait-elle dormi ? Etait-ce un rêve ? Lui avait-on fait boire un breuvage hallucinogène ?

Les terribles visages des saints et leur détestable sifflement la hantèrent vivement. Mais entre ce douloureux évènement et son réveil, que s'était-il passé ? Sa mémoire occultait-elle délibérément ce « moment » qu'elle tentait désespérément de reconstituer ? Etait-ce une ruse des initiés qui l'auraient volontairement endormie afin de la transporter dans ce lieu mystérieux ? Ou bien, était-elle témoin d'un phénomène d'alchimie, un processus normal dans sa quête d'atmosphères particulières ? Cette dernière hypothèse ne l'inquiéta pas.

Finalement, Imen ne parvint pas à analyser cette étrange situation.

Elle se retourna vers la table, impressionnante par ses grandes dimensions et son austérité, auréolée de filins solaires. Ces souffles de vie venant du sommet perçaient miraculeusement l'obscur par les rares interstices de la roche. Des lueurs d'espoir, liens uniques avec l'extérieur. Un constat terrifiant. Imen appartenait désormais au monde des ténèbres, prisonnière de la fameuse ville souterraine…

Imen s'interrogea : se trouvait-elle au cœur d'une légende ou bien était-elle victime d'une illusion ?

Imen ne pouvait s'enfermer dans ses innombrables questions qui restaient sans réponse. Il lui fallait désormais agir pour quitter ces lieux inhospitaliers.

L'exploration de la pièce la mena tout naturellement vers une arche. Elle donnait sur un large couloir d'une longueur infinie. Il desservait d'innombrables pièces identiques.

L'immensité de la ville et sa parfaite géométrie furent saisissantes.

À droite, la longue perspective s'achevait sur une petite lueur lointaine. L'existence d'une issue la soulagea. À gauche, le couloir, tout autant interminable, s'enténébrait. Imen voulait rejoindre la lumière, mais une main invisible guida ses pas à l'opposé de la sortie. Malgré sa détermination, elle ne résista pas à cette force occulte.

Elle se rendit à l'évidence. Cette puissance mystérieuse gardait manifestement le fabuleux trésor des Templiers.

Imen ne s'affola pas. Il suffisait d'un peu de patience, de laisser le temps nécessaire au cerbère de deviner que l'égarée n'était animée d'aucune mauvaise intention. Celui qui ne convoitait pas le trésor ne pouvait être emprisonné.

Imen ne fit que quelques pas avant d'être arrêtée devant un miroir accroché à l'entrée d'une pièce, de la dimension d'une assiette, enchâssé dans un cadre en or sculpté de neuf chevaliers. Imen se mira pendant quelques instants dans le verre métallisé d'étain, le temps d'apercevoir le doux reflet de son visage, puis de poursuivre son errance dans le couloir obscur.

Imen voulait retourner sur ses pas pour gagner la sortie, mais son corps n'obéissait pas. Inexorablement, il se dirigeait vers l'obscurité.

Imen ne s'appartenait plus. Cette subite objectivité s'abattit comme la foudre.

La réalité montrait un visage effroyable dépassant de loin la fiction.

De nombreuses pensées l'assaillirent, disséquant, analysant, organisant la terrible épreuve.

Certains éléments du tableau surgirent alors dans sa mémoire. Les barreaux de la fenêtre reproduisaient en fait le plan sommaire du réseau souterrain. L'étoffe noire et les rayons du soleil effleurant la croisée traduisaient l'ambivalence obscurité – lumière caractéristique du couloir.

La toile parut désormais beaucoup plus suggestive. L'issue, en direction du levant, fut indiquée explicitement par le regard du saint, tourné vers la lumière solaire. Le flambeau, orienté dans la même direction, insistait sur cette sortie salvatrice. Cela signifiait-il pour autant que la jeune femme n'aurait jamais dû poser un seul regard vers les ténèbres ?

La couleur rouge de la fenêtre, protégeant des mauvais esprits, fut absente de l'univers souterrain. Aurait-il fallu conclure que l'endroit était empreint de maléfices ?

Indéniablement, Imen avait commis deux erreurs : l'une, provint de ne pas avoir fait le rapprochement, à temps, entre le tableau porteur d'un message et la ville souterraine ; l'autre, résulta de la méconnaissance des propriétés du miroir. En effet, Imen succomba à la magnificence diabolique de l'objet emprisonnant la personnalité de celui qui y est réfléchi. Le miroir s'apparentait à une porte de la dissociation de l'âme, un chemin emprunté par celle-ci pour pénétrer d'autres mondes.

Imen n'était plus maîtresse d'elle-même.

Tout au long de sa progression, les rais devenaient rares. Bientôt, Imen rejoindrait le néant.

Sur son passage, elle rencontrait encore quelques pièces et d'autres couloirs transversaux jouissant d'une faible clarté. Malheureusement, Imen ne put dévier de sa trajectoire… Puis, elle sombra dans le noir et telle une marionnette que l'on manipulait, s'enfonçait inexorablement dans les ténèbres. Etait-elle condamnée à errer jusqu'à épuisement dans les couloirs obscurs de la ville souterraine ? Imen se répétait inlassablement, pour se réconforter, qu'elle vivait un cauchemar… mais cela lui sembla peu plausible. En effet, elle ne connut pas cette sensation de détachement, de flottement qu'elle ressentait à chacun de ses songes. En fait, elle saisissait très bien la réalité, percevant la résonance de ses pas, la froideur des lieux qui l'engourdissait de plus en plus. Ses sens la renseignaient trop parfaitement sur ce qui l'entourait.

Son rêve fusa dans son esprit. Ne s'achevait-il pas par un abîme ? La prophétie était-elle en train de se réaliser ?

Les yeux, exagérément ouverts, Imen regardait l'obscurité, espérant percevoir une once de lumière.

Effrayée, mais le pas assuré, elle se rapprochait de l'inconnu, un inconnu peut-être teinté d'espoir. Elle devait croire à un autre destin que celui dicté par son rêve. Imen devait absolument y croire… mais déjà son corps se confondait avec les ténèbres.

Il était vingt heures.

Le Restaurant du Verdon affichait complet.

Rires, sourires, bonne humeur, blagues animaient chaque tablée et créaient une ambiance des plus agréables.

En servant les consommateurs, Erwan côtoyait leur gaieté qui laissait transparaître un bonheur intense. Le jeune homme n'avait pas l'esprit à partager leur hilarité à laquelle il répondait par des sourires ou des rires factices.

Il était très inquiet. Malgré ses appels et sms, Erwan n'avait plus eu de nouvelles d'Imen. Que pouvait-elle faire au château depuis quatorze heures de l'après-midi et pour quelles raisons ne répondait-elle pas ?

Erwan jetait un œil sur son portable, délaissé sur un meuble dans le corridor, à chaque fois qu'il se rendait dans les cuisines, dans l'espoir d'un texto ou d'un appel sur la messagerie. La déception fut toujours au rendez-vous.

Ce silence était anormal.

Malgré la désapprobation de sa mère, Erwan quitta le service. Il devait impérativement aller voir ce qu'il se passait au château.

En un éclair, Erwan troqua sa tenue de serveur pour celle de randonneur, s'engouffra dans le 4x4 Nissan de ses parents et roula à vive allure vers Valcros par des routes étroites, sinueuses et obscures.

Toutes les pensées négatives se bousculèrent. Des scénarios morbides d'enlèvement, de disparition, de meurtre, de séquestration et d'accident le harcelaient. Il ne cessait de prier pour retrouver son amie saine et sauve.

De temps en temps, il maugréait : « C'est absurde, complètement absurde ! Je ne comprends pas que l'on puisse être aussi naïf. »

Dès qu'il aperçut la Jeep immobilisée à la naissance d'une piste, Erwan s'arrêta.

Il se jeta à corps perdu dans le chemin et hélait à pleine voix le prénom de la jeune femme qui résonnait dans les bois endormis. Le bruissement de la vie le saisissait parfois profondément. Des oiseaux, réfugiés dans des arbres ou dans des buissons, surpris et affolés par le déferlement sonore, faisaient frémir les feuilles dans leur fuite.

Le jeune garçon courait trop vite, criait trop fort, ne s'accordait aucun répit, déployait des efforts si intenses qu'il atteignit rapidement les limites du supportable. Haletant, le cœur battant, la voix éraillée, Erwan daigna accorder quelques instants de repos à son corps épuisé lorsque ses jambes commencèrent à souffrir de tiraillement.

– Où est-elle ? Mais où est-elle ? Je t'en supplie Imen, réponds-moi ! Non, jamais je ne me le pardonnerai…, s'inquiéta-t-il.

Erwan reprit sa course, mais le chemin s'évanouit dans de hautes herbes.

Une vive lueur attira son attention. Il s'arrêta, éteignit la torche, puis observa l'environnement à la clarté vespérale. Une lumière, maudite ou salvatrice, jaillissait de la masse noire, imposante et effrayante du château de Valcros.

La magie de la nuit créait une illusion dantesque : la stature de Valcros semblait titanesque et ne correspondait pas à celle révélée par le jour.

Cet éclairage l'intriguait.

La vétusté du château rendait son habitabilité très dangereuse et jusqu'à présent, le jeune homme n'avait jamais entendu dire qu'un solitaire y avait élu domicile. Il ne crut pas non plus qu'Imen puisse s'y trouver. Son instinct s'exprimait.

Erwan ne cria plus.

Il posa discrètement ses pas sur les tendres touffes d'herbe, se fraya un chemin parmi les ronces, et ne s'aidait que furtivement de sa lampe torche. Le jeune homme se fondait dans le silence.

Il n'était pas seul. Des voix s'échappèrent des entrailles du géant.

À l'intérieur du vestige, Erwan aperçut le tableau dans l'abside mais, avide de curiosité, il préféra se diriger, à pas feutrés, à l'opposé, là d'où venaient la lumière et les voix.

L'obscurité profonde du corridor l'incita à privilégier cet intermède sur l'urgence de la recherche, car il pouvait se livrer, en toute quiétude, à une observation discrète.

Les mêmes paroles sibyllines revenaient sans cesse. Des voix cristallines d'hommes et de femmes résonnaient en chœur.

Erwan se rapprocha et s'arrêta à la frontière du clair-obscur. Tapi dans l'ombre, il se contenta d'une vue très réduite sur la scène offerte par l'embrasure d'une porte.

Des personnes, toutes vêtues d'une soutane noire, marchaient sagement autour d'un grand brasier et prononçaient toujours les mêmes mots.

Erwan ne parvenait pas à distinguer ce vocable qui ressemblait à une formule latine.

Les étranges individus semblaient s'adonner à une circumambulation rituelle dans le sens de la gauche.

Leur nonchalance contrastait avec l'ardeur du foyer qui crachait violemment des flammes.

Elles étaient grandes, belles, vivaces et se tordaient de rire aux moindres gémissements et pleurs de leurs victimes.

À chacune des phases méticuleuses de leur œuvre destructrice, les flammes arboraient fièrement leur perversion.

Leur souffle à l'unisson, brûlant et puissant, avide d'anéantissement était celui de la révolte.

Devant leur violence, quelques brandons qui criaient leur discorde parvenaient à s'échapper, tandis qu'au cœur du foyer se jouait le drame : des parcelles se détachèrent des corps enflammés et enfantèrent des étincelles aux éclats mortels.

Lorsque les flammes devinrent moins virulentes, des résidus – les tisons – se lamentèrent de ne pas être du côté qui a échappé à la fournaise. Une terrible jalousie les dévorait.

Dans sa déferlante meurtrière, le feu n'aspirait qu'à atteindre rapidement le moment suprême d'une délectation intense : pénétrer dans le corps des victimes qui ont osé résister à la flambée pour les achever très lentement.

La braise était alors la perversion par excellence.

Un individu abandonna le cercle. Il prit du bois afin d'attiser le feu puis rejoignit le groupe.

Erwan ne pouvait détourner son regard de cette scène insolite.

Les gens tournaient, encore et toujours, sans faiblir, dans la même cadence, se soumettant aux ordres d'un dieu hypothétique.

Le jeune homme assistait sans doute au rituel d'une secte et par intuition, il savait qu'Imen ne se trouvait pas parmi les adeptes.

Il quitta son poste d'observation avec une extrême discrétion.

– Enfin ! Te voilà réveillée. Je commençais à désespérer. Cela n'a pas été facile. Ça fait un moment que je te secoue et que je t'appèle.

Hébétée, Imen ne répondit pas et se contenta de sourire. La jeune femme réalisa qu'elle était allongée dans l'herbe, près de l'abside et que la nuit tombait.

Étrangement, il semblerait qu'elle n'ait pas bougé depuis l'apparition des saints.

– Je te trouve très pâle. Que s'est-il passé ?

Imen dit d'une voix très lasse :

– Je ne saurais t'expliquer.

Erwan l'aida à se relever, puis il passa un bras en travers de ses épaules dénudées et la serra contre lui. Ils marchèrent ainsi lentement sur le chemin du retour.

– Tu m'as fait une sacrée peur ! À vingt heures, je n'avais toujours pas reçu de sms, je me suis donc vivement inquiété. Je craignais même d'arriver trop tard tant je m'attendais au pire !

Imen lui conta brièvement ce qu'elle avait vécu. Erwan, dubitatif, tenta d'analyser l'évènement, d'y apporter une réponse rationnelle, mais la jeune femme ne l'écoutais pas vraiment. Elle ne pensait plus à sa mésaventure. En fait, elle se délectait de ce moment providentiel où l'exaltation de ses sentiments amoureux atteignirent leur paroxysme. Elle savourait la chaleur du mâle exacerbant des instincts refoulés qui aspiraient à des passions effrénées. Tout son corps tressaillait à la voix douce et réconfortante du jeune homme. Elle s'enivra de frémissements intenses lorsque la main d'Erwan dansait involontairement sur son épaule, victime des secousses de la marche.

Devait-elle pour autant voir dans la délicate attention du toucher du beau garçon, la preuve d'un attachement tendre et de l'existence d'une attirance physique ?

Devait-elle entrevoir dans ce silence, des rêveries ardentes, des émois, le désir de posséder l'idéal féminin ?

Imen se raisonna et conféra à l'attitude d'Erwan un caractère amical et sympathique. Envahie par une vive euphorie, la jeune femme languissait de rejoindre sa couche et de fermer les yeux pour se réfugier dans son imaginaire afin de mener cette romance à sa guise.

Une agréable trêve aux tourments qui la torturaient à chacune de ses nuits.

Échappée amoureuse

Sa nuit fut délicieusement bercée par la délicate voix et le doux visage souriant d'Erwan. Ses rêves nourrirent son idylle et la plongèrent dans une euphorie enivrante. Ils lui firent vivre de nombreuses aventures auprès de son chevalier servant. L'émotion atteignit l'extase lorsqu'ils marchèrent dans les eaux houleuses bleu marine de la Méditerranée sous un soleil radieux. Une lame, plus puissante que les précédentes, les projeta l'un contre l'autre. Les mains de la demoiselle se délectèrent de la douceur de la peau mouillée d'Erwan. Le jeune homme en profita pour l'enlacer tendrement et l'embrasser avec fougue.

De nombreuses balades, main dans la main, mêlées aux rires, animèrent cette romance à travers des villages côtiers et des forêts inconnues. Le toucher procurait une sensation chaude et exquise.

Les virées en Jeep, bien qu'insolites, furent tout autant agréables : descendre de larges traverses jalonnées de marches offrit le plaisir d'une petite frayeur hilarante, tandis que réussir à pénétrer dans les halls d'entrée des immeubles conférait un grand dépaysement.

Au réveil, ces images touchantes perdurèrent : des sourires, des clins d'œil complices, des « je t'aime » chuchotés à l'oreille.

Les rêves s'inclinèrent devant les rêveries emplies d'espoir. Imen imaginait Erwan lui témoigner son amour par des signes suggestifs, des paroles allusives. Cependant, une invitation en tête-à-tête semblait inespérée. En effet, il était peut-être encore trop tôt pour qu'Erwan prenne une telle initiative. Il aurait l'impression de précipiter les choses, de se conduire en homme trop pressé au risque de briser cette belle romance qui naissait à peine.

Et puis, Imen ne se sentait pas prête à exprimer son amour, car elle ne s'attendait pas à tomber amoureuse. Elle craignait de trahir ses sentiments devant l'élu de son cœur par un comportement très troublé : rougir, bégayer, trembler d'émotion, frissonner… la rendrait ridicule et stupide.

Et pourtant…

– Tu n'as pas trop mal aux bras, Imen ?

La jeune femme ne se plaignit pas.

Depuis l'avant d'un canoë biplace, Imen découvrait le paysage grandiose du lac de Castillon dont les eaux bleu pastel s'harmonisaient à merveille avec les montagnes émeraude environnantes. Une beauté saisissante.

Non, Imen ne faisait pas un rêve de plus. Grâce à l'heureuse et inattendue initiative d'Erwan, Imen vivait réellement sa romance. Elle savourait ces instants d'intimité privilégiés. Erwan ne parlait pas beaucoup, sans doute se délectait-il aussi de la présence d'Imen à ses côtés et du paysage enchanteur.

Ce mutisme l'importait car dans le silence leurs âmes ne faisaient qu'une.

– Je t'emmène sur l'île de Robinson Crusoë. Elle est juste là-bas. On manœuvre un peu…

Quelques coups de pagaye à bâbord, puis chacun se remit à ramer de son côté.

L'esquif voguait à vive allure vers l'îlot, fendant les eaux calmes en de légères ondulations.

Les mouvements des jeunes aventuriers étaient hasardeusement synchronisés. Inexorablement, ils soulevaient et plongeaient leur rame. Ce geste répétitif faisait chanter le lac d'un doux clapotis berçant les pagayeurs tout au long de leurs efforts.

Le petit bateau rejoignit rapidement l'île boisée qui charmait le site déjà très pittoresque. Seule une minuscule plage de terre écrue permettait d'accoster.

Pendant qu'Imen retenait la corde du canoë, Erwan cherchait dans les bois une grosse pierre afin de neutraliser l'embarcation.

Lorsqu'il revint vers la jeune femme, il laissa choir une roche sur la corde gisant à terre.

– Alors, elle te plaît mon île ?

Son sourire était exquis.

– Oui, mais elle est si petite. Un coup d'œil suffit pour la visiter.

– Viens, on va regarder le paysage de l'autre côté.

En quelques pas, ces « naufragés » volontaires traversèrent la petite forêt de pins sylvestres agrémentée de quelques buis. De ce côté, la petite île se prosternait devant une énorme montagne vêtue de pins dont elle n'était séparée que par un étroit chenal naturel.

– Ah ! Ici, c'est le paradis. On pourrait construire une cabane et y vivre. Ce que je dis n'est pas aussi utopique que ça en a l'air.

Imen sourit avec tendresse. Erwan se posta à l'emplacement du projet, au centre de l'île, pour lui démontrer que son idée était tout à fait réalisable. Il y avait assez de bois pour bâtir l'abri et pour se chauffer durant tout l'hiver. La nourriture abondait aussi durant toute l'année. Il suffisait de pêcher les truites, les ombles chevaliers, les vairons, les barbeaux… foisonnant dans le lac.

Troublée, Imen voyait dans les rêves du jeune homme le désir de fonder un foyer. Erwan lui sembla rusé, préférant insinuer ses intentions plutôt que de les affirmer franchement. Ne venait-il pas de prononcer le pronom personnel « on » qui désignait à la fois le locuteur et l'interlocuteur ? Ce pronom les réunissait et Imen se refusait à penser à ce qu'il désigne une généralité, deux personnes indéterminées.

Puis, tous deux s'assirent sur le rivage.

– Tu as trouvé ce que tu voulais au château ?

– Je ne sais pas.

Imen regardait Erwan. Il s'amusait avec une robuste brindille à creuser dans les sédiments de minuscules sillons.

– Je le saurai seulement lorsque j'aurai terminé ma quête. Le verdict sera donné par la vieille dame.

– C'est de la foutaise cette histoire. Au château, tu t'es endormie, puis tu as fait un cauchemar.

Imen suivait attentivement des yeux les tracés dans l'espoir de voir un cœur et les initiales « E » et « I » empreints sur la terre sablonneuse. Erwan figura des carrés, des triangles, des rectangles, des petits chemins menant au monde aquatique… puis il lança la brindille dans l'eau.

Une légère brise animait le lac jusqu'alors endormi. De nombreuses petites rides se formèrent instantanément sur toute la surface frissonnant au contact du vent.

Imen poursuivit la conversation, le regard posé sur les eaux bleu pastel.

– Ce n'était pas un mauvais rêve. Je pense avoir été hypnotisée afin de pénétrer, grâce à mon subconscient, dans cette ville souterraine, un univers bien étrange. Le fait que je marche inexorablement vers l'obscurité et non pas vers la lumière ne relevait pas du hasard. C'était un piège. Les gens en soutane que tu as vus tourner autour du feu étaient sans doute les instigateurs du stratagème. Peut-être imploraient-ils Satan ! Car la gauche est la direction de l'Enfer dans la Bible et justement ils tournaient bien dans le sens de la gauche.

– C'était une secte et ils ne savaient même pas que tu dormais dans les parages. C'est bien connu, les sectes affectionnent les vieux châteaux abandonnés et comment peux-tu affirmer avoir été dans la ville souterraine ? Tu n'as aucune preuve. D'ailleurs, si je ne t'avais pas parlé du trésor des Templiers, tu n'en aurais jamais rêvé !

Imen contemplait les vaguelettes léchant à tour de rôle la grève. Ce lac l'éblouissait par sa beauté, l'apaisait, la dépaysait, mais déjà il était l'heure de partir.

Pendant le retour, Erwan s'enferma dans le silence. Lui, si enjoué, empli d'humour, n'appréciait certainement pas la quête de la jeune fille et n'osait l'avouer.

Après avoir quitté la base nautique, ils s'engouffrèrent dans la Jeep.

Imen remercia le jeune homme de lui avoir offert cette agréable escapade. Il lui proposa de poursuivre le divertissement par la visite de Castellane.

Sur ces mots, le galant démarra, puis descendit les quelques lacets du col de la Blache avant de passer, à l'entrée de la bourgade, devant une superbe porte gothique surmontée d'un beffroi au campanile en fer forgé surnommé la Tour de l'Horloge. La chaussée, envahie par la foule, rendit difficile la traversée de la cité.

Puis, Erwan bifurqua sur une petite route.

Durant ce court trajet, une petite amertume vint contrarier la jeune femme, quelque peu déçue par le comportement d'Erwan. Lors de cette échappée, Imen espérait un signe de la part du jeune homme, insinuant son attachement envers elle. Malheureusement, Erwan se comportait en ami et non pas en soupirant. Sans doute était-il trop timide ou ne souhaitait-il pas brusquer cette romance naissante et préférait alors sceller une solide amitié avant de plonger dans les vertiges de l'amour.

– Nous voilà devant mon hôtel. N'est-il pas beau avec sa façade jaune soleil et ses volets verts ?

Erwan venait de se garer sur la place.

– Tiens ! Retourne-toi et admire cette magnifique tour-donjon.

Imen posa ses yeux sur une tour carrée dont les pierres de taille couleur rouille conviaient au ravissement. Puis, elle jeta un regard furtif sur l'obélisque de la fontaine de la place Marcel-Sauvaire.

Ensuite, Erwan la guida vers l'église.

– Là-bas, derrière l'église, tu peux apercevoir la Tour Pentagonale. En fait, elle est le vestige d'une enceinte qui entourait le bourg au Moyen-Age.

Imen découvrit une construction à mâchicoulis très bien conservée.

– Et là, juste à côté, c'est la porte de l'Annonciade.

Imen se retourna sur l'ouverture – un porche gothique – qui rappelait aussi que Castellane était autrefois fortifié.

– Cette porte, chargée d'histoire, nous transporte à l'époque des guerres de religion. Une armée marchait vers Castellane pour l'assaillir. En ramassant du bois, une vieille femme vit les soldats et courut donner l'alerte. Les Castellanais s'organisèrent. Ils fermèrent et protégèrent les portes, les femmes s'habillèrent en soldat ; chacun prit position. Le lendemain matin, l'ennemi posta ses canons vers la porte de l'Annonciade. Mais Judith Andrau avait son plan : elle mit de la poix à chauffer dans son cuvier – tu sais, la poix est un mélange de collant à base de résineux – puis, ébouillanta le commandant qui se tenait juste en dessous de sa fenêtre… et miracle, l'armée, déconcertée, se replia.

Les jeunes gens revinrent sur leurs pas. Erwan arrêta Imen à l'entrée de la rue du Mitan. Il lui demanda d'observer les hautes maisons séculaires. Elle promena son regard sur des façades blafardes, lézardées ou rafraîchies de chatoyantes couleurs ocre, vermillon, sienne, blanc créant ainsi une harmonie accueillante. Les volets verts, violets, marron ajoutaient un charme pittoresque. La plupart de ces maisons abritaient au rez-de-chaussée de nombreux commerces.

– Mitan signifie en vieux français « milieu ». En fait, au Moyen-Age c'était la rue du milieu du bourg. Maintenant, avance de trois pas et dis-moi ce que tu ressens.

Imen obtempéra et trouva qu'il faisait plus frais.

– C'est exact. Les vieilles pierres conservent la fraîcheur même lorsqu'il fait très chaud. Je vais te présenter à une personne qui m'est très chère.

Imen suivit Erwan qui s'approcha de la première boutique. Devant de grands volets bleus déployés sur une vitrine, des étals de sacs à main en paille, de foulards, de ceintures attiraient par leurs vives couleurs les touristes.

À l'intérieur du magasin, de nombreux bijoux de piètre valeur captivaient inexorablement les regards par leur rutilance.

Imen n'eut le temps de s'attarder. Une grande jeune femme au visage fin et pâle, embellie de grands yeux bleu ciel et d'une chevelure blonde, s'avança vers Erwan aussitôt après avoir fini d'encaisser l'achat d'un client.

Sous les yeux médusés d'Imen, ils se donnèrent un tendre baiser sur les lèvres.

Imen s'efforça de contenir son extrême déception.

S'ensuivirent de furtives présentations de convenance, puis Imen prit hâtivement congé des amoureux, prétextant ne pas s'être remise de ses mésaventures de la veille.

Il lui fallait fuir cette réalité qu'elle n'avait pas envisagée par naïveté et par stupidité. Elle ne pouvait tolérer d'être en présence de sa rivale.

L'émotion fut si forte qu'Imen regagna la place dans un état presque second. Obnubilée par la perte de son amour, par sa jalousie envers Lisa, Mlle Darel n'avait quasiment pas conscience de ce qui se passait autour d'elle : tout lui paraissait flou. Elle ne prêta pas attention à l'armada de piétons et faillit en bousculer certains ; elle ne s'inquiéta pas non plus des voitures qui tournaient autour de la place dans l'espoir d'y trouver un emplacement... elle leur coupa maintes fois la route.

Elle s'en voulait d'avoir osé rêver du grand amour, d'avoir eu des espérances chimériques.

Dans un moment de clairvoyance, la jeune femme se surprit à fouler l'agréable tapis rouge du hall d'accueil de l'Hôtel du Verdon...

– Mlle Darel.

Imen se retourna. C'était Mme François. Elle se tenait sur le seuil d'une petite pièce située à l'entrée du vestibule.

– Venez dans le salon, je vous prie. Je souhaiterais m'entretenir un instant avec vous.

Imen revint sur ses pas, passa devant Mme François. Son visage grave la saisit.

Elle pénétra dans un petit salon privé à l'atmosphère feutrée. Deux petites bibliothèques de style Louis XV en merisier, des fauteuils en velours vermeil, des tentures bordeaux aux fenêtres, deux tables basses en bois massif donnaient beaucoup de charme à la pièce.

Mme François prit soin de fermer la porte derrière elle. La conversation s'annonçait confidentielle.

Mme François n'invita pas Imen à prendre ses aises. Les deux femmes restèrent debout, en aparté.

– Vous avez l'intention de partir quand exactement ? Il faut que je sache !

Son impétuosité la déconcerta.

– Je partirais après-demain, en début d'après-midi.

Le visage de Mme François se décrispa, puis rayonna. Il était pourtant très laid : des traits grossiers, des lèvres tordues, un gros nez, de petits yeux bleus perçants, et ses cheveux blond foncé, frisottés, n'arrangeaient pas le portrait.

– Vous êtes fiancée ?

Cette question l'interloqua. Elle répondit par la négative.

Le sourire de Mme François rendit son visage moins disgracieux.

– Je crois que je me suis mal exprimée. En fait, je voulais savoir si vous aviez un copain.

Son indiscrétion frôlait l'impolitesse. Cela ne l'étonna pas. Son attitude irrespectueuse s'accordait avec son physique ingrat et le négligé de sa tenue. Ses vêtements étriqués faisaient saillir son gros ventre et ses bourrelets aux cuisses.

Imen répondit par la négative.

– Mais cela est anormal ! Vous avez vingt-cinq ans ! À votre âge, une fille doit être mariée ou du moins fiancée.

Imen ne se justifia pas.

D'un air très sérieux :

– D'après ce que j'ai pu entendre dire, il paraîtrait que vous avez l'intention de vous rendre dans le vallon des Sorcières. Qu'est-ce que vous allez faire là-bas ?

– Je mène une mission personnelle. Disons que je m'instruis sur certains lieux de la région.

– Votre réponse n'est guère pertinente. Puisque vous n'aimez pas parler de vous – d'ailleurs on ne sait rien à votre sujet – je vais donc parler à votre place. Vous êtes une femme machiavélique ! Vous avez provoqué intentionnellement un accident à mon fils, vous l'avez attiré dans les bois en pleine nuit… Je ne sais pas où vous voulez en venir, mais vous ne m'inspirez aucune confiance.

Imen se défendit :

– Ce ne sont que de malheureux concours de circonstances.

– Je ne vous crois pas. Ici, on apprécie beaucoup les touristes, mais pas du tout les étrangers de votre espèce. Tout correspond à votre comportement étrange… Vous appartenez sans doute à ce clan, les gens du Renom, dont les ancêtres avaient pactisé avec le diable. Leurs descendants ont hérité de pouvoirs maléfiques. Si vous n'appartenez pas à ce clan-là, pourquoi iriez-vous alors dans le vallon des Sorcières ? Pourquoi auriez-vous une mauvaise influence sur mon fils ?

Imen, effarée :

– Je ne crois pas un mot de ce que vous me racontez. Ce ne sont que des superstitions et des légendes.

– Non, mademoiselle ! Je sais très bien que vous n'avouerez jamais. Je détiens la vérité. Je suis bien heureuse de savoir que vous partez après-demain car, ici, des gens comme vous, on les tient à l'écart. Mais, en attendant votre départ, je dois vous conjurer.

Imen ne releva pas ce dernier mot. Elle avait trop entendu de stupidités.

Mme François se rapprocha d'une table basse, au centre du salon. Un verre empli d'eau et une soucoupe de graines oblongues marron attendaient. Le corps courbé, Mme François versa le contenu de la sous-tasse dans le verre. Puis, elle se releva et fit de nombreux et rapides signes de croix conjuratoires pendant au moins une minute.

Imen assista, interdite et sans mot dire, à ce rite ridicule.

À l'issue de la conjuration, Mme François soupira :

– Je m'en suis rendue compte sans doute trop tard. J'en suis convaincue. Il est déjà trop tard. C'est imminent. Je le ressens. Le malheur va bientôt frapper et vous en serez la fautive. Le malheur est là, tout proche. Il va frapper.

Le vallon des Sorcières

Des voix étoffées, discordantes, aux tonalités graves retentissaient jusque dans les couloirs desservant les chambres. Leurs sons variés, confus et tumultueux dissimulaient sous une apparente cacophonie un phrasé musical exprimant tout l'art de la dissonance : celle de la rencontre peu harmonieuse de mots, de syllabes et de sons. Les accents mélodiques, les courtes pauses, les rythmes lents ou rapides noyaient habilement le sujet de la discussion.

Imen venait de quitter sa chambre. Les voix impétueuses avivaient sa curiosité. Elle se hasarda à les suivre dans l'espoir de découvrir les raisons de toute cette nervosité.

Guidée par les parlers abscons, Imen descendit l'escalier jusqu'au rez-de-chaussée. Dans le large couloir, elle s'arrêta un court instant et tendit l'oreille. Les élocutions provenaient du bar. Cette situation la dérangeait profondément. Prendre son petit-déjeuner en compagnie de tous ces hommes énervés la rebutait. Et puis, Imen craignait que Mme François ne profite de cette ambiance fielleuse pour répandre son venin contre elle. Mais les désagréments n'étaient pas insurmontables.

Dès qu'Imen franchit le seuil du café, Mme Francois s'exclama :

– Je suis certaine que cette jeune demoiselle est au courant de la nouvelle puisque, comme par hasard, ils sont arrivés le même jour qu'elle !

La dizaine d'hommes attablés ou accoudés au comptoir se turent instantanément et dévisagèrent Imen avec insolence parce qu'elle inspirait la méfiance et l'antipathie. Leur silence malsain persistait et créait une atmosphère pesante invitant à la fuite. Imen tenta d'ignorer ce climat détestable. Elle s'installa discrètement à la première table venue.

Mme Francois lui servit le petit-déjeuner, d'un air pincé :

– Ne me dîtes pas que vous n'êtes pas au courant, car je ne vous croirais pas !

Imen resta silencieuse. Elle ne comprenait pas les allusions de Mme François.

Les hommes ne la regardaient plus et recommencèrent à parler. Leurs paroles la soulageaient. Elles brisaient enfin ce terrible silence dont la courte durée parut une éternité.

Les premiers mots, empreints de vivacité, la renseignaient aussitôt sur le sujet qui suscitait autant d'emportement.

« On n'a pas besoin du loup ici. Il faut organiser une battue pour les achever. » « Ils vont dévorer les bêtes des bergers sans compter que lorsqu'ils seront affamés, ils viendront ici à Castellane pour nous égorger. »

Imen ne regardait aucun de ces hommes. Elle se contentait d'écouter.

« Moi, si j'en aperçois un, je le tue et je me contrefiche que l'espèce soit protégée. Qu'est-ce qu'on a fait pour être puni de la sorte, pour que le diable s'acharne sur nous ? » « Il faut d'urgence saisir les autorités locales, le maire… Que l'on n'ait pas le droit de les tuer nous-mêmes, d'accord, mais alors il faut que les mairies se débrouillent pour obtenir une autorisation afin de les abattre… »

Imen était outrée par ces propos irrationnels. La peur du loup ne disparaîtra-t-elle donc jamais ? Comment l'homme pouvait-il encore être habité par cette crainte ancestrale aggravée durant la période du 15e au 18e siècle par les épouvantables récits de loups-garous et de loups mangeurs d'hommes ? Pourquoi considérait-il encore le loup comme un être monstrueux, féroce, diabolique ?

Imen feignit d'ignorer ces opinions infondées. En tartinant des biscottes, elle comprit que le sujet faisait la une du quotidien local. Le loup avait été aperçu vers Thorenc, près d'une habitation. Alerté par son caniche, le propriétaire sortit de son logis et vit son chien courir après un loup ! Des experts auraient aussi relevé dans la commune de Valderoure des empreintes et des poils de loup. Ces faits confirmaient bien le retour du *Canis lupus* dans la région.

Mme François ne resta pas longtemps muette. Elle intervint d'une voix très forte reflétant toute la méchanceté qui l'animait :

– La coupable ! C'est elle ! (Tous les regards se tournèrent de nouveau vers Imen.) Elle appartient aux gens du Renom ; elle a causé intentionnellement un accident de voiture à mon fils ; elle l'a attiré en pleine nuit dans les bois ; elle veut aller dans le vallon des Sorcières… Les loups sont arrivés mardi à Thorenc et comme par hasard mademoiselle est arrivée le même jour. J'ai compris trop tard qu'elle appartenait au Renom. Hier, je l'ai conjurée, mais je savais déjà que le malheur allait frapper. Voilà que la malédiction s'est acharnée sur nous. Vous êtes coupable !

Intimidée, affolée, brisée, Imen réfuta d'une voix fluette ces accusations.

Un homme joufflu, mal rasé, ventru, l'aida à se défendre en lui demandant ce qu'elle pensait de l'arrivée du loup. Une question opportune. Imen prit de l'assurance et n'hésita pas à y répondre en avocat du diable :

– Mon avis va certainement vous choquer mais j'apprécierai beaucoup que l'on écoute mes explications. S'il vous plaît, laissez-moi exposer mes raisons. (Personne ne contesta.) Le loup appartient au monde de la nuit, un monde inquiétant par définition. Cette peur de la nuit est souvent au centre de toutes nos peurs depuis les temps ancestraux où l'homme ne pouvait dormir tranquillement, craignant l'approche des fauves… Or, cette peur du loup fut accentuée par les invasions germaniques. Dans la culture nordique, le loup est l'ancêtre mythique, le héros guerrier, le symbolisme de la lumière car il voit la nuit. Ainsi, les Germains apportèrent avec eux leur imagerie du loup bâtie sur le modèle des chasseurs guerriers. Leurs incursions portant le nom funeste « d'invasions de loups » contribuèrent lourdement à cette association entre peur du loup et peur du guerrier. Le loup fut ainsi associé à la guerre, au meurtre. Mais, c'est surtout un certain fanatisme religieux qui créa la diabolisation du loup. L'homme devait être soit avec Dieu, du côté du salut et de la bonté, soit avec le diable, incarnation du mal et de la perdition. L'Église associa alors les loups aux sorcières, à la lycanthropie et surtout à la luxure, le pire des pêchers pour une morale qui considérait le sexe comme un mal universel. Comment peut-on comparer le loup à la luxure ? Parce que dans l'imagerie du Moyen-Age, les sorciers se transformaient en loup pour se rendre au sabbat tandis que les sorcières portaient des jarretelles en peau de loup ! Cela est insensé, grotesque !...

Des hommes lâchèrent des obscénités.

Imen continua :

– Il faut savoir que la tolérance, la logique, la rationalisation, la connaissance des phénomènes naturels furent manipulés par l'Église en faveur de la foi en la Providence. Cette association excessive et irraisonnée au mal fit du loup un bouc-émissaire, rendu responsable de tous les maux. Alors, dans un but de pacification ou de réparation de l'angoisse collective, la destruction systématique du loup commença dès le Moyen-Age pour ne s'achever qu'au début du 20e siècle. Cette mauvaise image du loup s'amplifia au 17e siècle avec la naissance de ces épouvantables récits de loups mangeurs d'hommes tels que la fable du *Petit Chaperon rouge*. Le mythe du « grand méchant loup » illustra la volonté d'une culture, d'une croyance, détachée de la réalité, cherchant à bâtir une image pour mieux l'utiliser. Il fallait tuer le loup pour mieux se défaire de la peur de la colère divine. Au nom d'une prétendue morale, une chasse impitoyable et irrationnelle, soutenue financièrement, eut raison du loup. Il fut éradiqué de notre pays en 1927… Alors, je peux vous affirmer que l'arrivée du loup est pour moi une immense joie. Peu à peu, il aura sa revanche sur la folie humaine par la reconquête de ses territoires perdus. Il le mérite.

À ces mots, l'assistance s'indigna.

Mme François exprimait son triomphe, d'une voix perçante :

– Je ne m'étais pas trompée ! Je le savais ! Qu'est-ce que je vous avais dit !

Imen fut confrontée à un sectarisme exacerbé.

Des propos hostiles et haineux fusèrent. On la traita de « porte-malheur », d'« étrangère », de « mauvaise fille »… Certains suggéraient de lui couper la langue, d'autres l'insultèrent.

Des gestes menaçants accompagnaient leurs éclats de voix. Les plus enragés brisèrent des verres, secouèrent brutalement des chaises…

Devant une situation aussi insupportable, Imen ne termina pas le petit-déjeuner. Elle quitta la table sous les huées, les outrages, les vilenies qui la poursuivirent dans l'escalier et jusqu'au seuil de la chambre.

Comme un animal blessé, Imen s'était réfugiée tout naturellement dans sa tanière pour se protéger du monde extérieur. Le nez sur la fenêtre, elle ne cessa de penser à la bassesse de ces gens rendus méchants par leur bêtise et leur ignorance.

Comment pouvait-on au 21e siècle encore dénigrer, haïr, celui ou celle qui n'est pas originaire du bourg ou du village ?

Comment pouvait-on encore craindre qu'un loup puisse rejoindre les villes afin d'égorger leurs habitants ?

Imen était désormais cette étrangère qui dérangeait, que l'on détestait et qui inspirait la méfiance. Elle devint l'accusée, le bouc-émissaire par excellence pour avoir soi-disant pactisé avec le diable.

Imen ne fut pas dupe. Mme François se délectera à donner le coup de grâce en colportant la nouvelle dans tout Castellane.

Meurtrie, bouleversée, Imen ne devait surtout pas faiblir devant l'injustice, l'intolérance et la malveillance. Il lui fallait surmonter cette épreuve absurde avec sagesse, en ayant pitié de ces pauvres gens emprisonnés dans le carcan des craintes ancestrales et n'en garder aucune rancune. Méditer pour enrichir sa philosophie, en cherchant à comprendre les causes de ces comportements aussi irraisonnés, s'imposait.

Imen empruntait ainsi le chemin du pardon.

Elle trouva des explications plausibles dans les nombreux guides touristiques qu'elle avait emportés. En fait, les raisons semblèrent liées à la configuration géographique du pays. Le relief accidenté et compartimenté rendit inexistant tout réseau routier jusqu'au milieu du 19e siècle. Seuls subsistèrent une multitude de chemins muletiers, souvent mauvais, étroits, dangereux car défoncés, bordés de précipices et coupés par la neige pendant l'hiver. Le franchissement des torrents et des rivières, sujets à de brusques crues, représentait souvent un exercice périlleux. Les ponts, rares et mal entretenus, rompaient de temps en temps et de douteuses passerelles en bois les remplaçaient. Parfois, il fallait même traverser à gué. Dans ce contexte, ravitaillements et commerces furent d'autant plus laborieux que de nombreuses localités étaient inaccessibles aux charrettes.

Un économiste estima aussi vers 1850 que Castellane et ses communes étaient plus éloignées de l'influence française que les îles Marquises. Ainsi, des chantiers désenclavèrent progressivement le pays. Néanmoins, il fallut attendre l'achèvement en 1973 de la route des gorges du Verdon pour ouvrir à la modernisation de nombreux villages de la contrée castellanaise restés jusqu'alors isolés. Cette évolution entraîna, certes à terme, la disparition des traditions en matière d'habillement et d'habitat, mais les mentalités sectaires façonnées par des siècles d'isolement persistaient.

Il n'y avait donc rien d'étonnant à ce que les craintes du passé, transmises de génération en génération, animèrent encore les gens originaires de ce pays.

Cependant, cet état d'esprit déconcertant semblait presque irréel pour l'époque actuelle. Ces gens formaient un petit monde, bien à eux, qui s'évertuait à perpétuer la culture léguée par leurs anciens, un cercle fermé qui jonglait entre le passé et le présent, un milieu donnant l'illusion d'être ouvert, affable, voire chaleureux, mais dont la nature même était l'intolérance et l'ignorance. Emprisonnés dans ce lourd héritage, ils se complaisaient finalement dans leur méchanceté.

Alors, qu'attendaient-ils ?

La fuite immédiate de Mlle Darel qui résoudrait miraculeusement tous leurs maux quotidiens ?

Imen ne pouvait pas encore quitter le bourg et se demandait comment elle parviendrait à supporter les regards inquisiteurs, les médisances jusqu'à demain.

Il lui fallait se forger une carapace, ignorer tout ce qui pouvait la meurtrir en se réconfortant dans son monde intérieur, en puisant toute sa force dans sa philosophie.

Quelqu'un venait de frapper à la porte…

Une extrême empathie animait Erwan.

Il eut rapidement connaissance des soupçons ridicules qui pesaient sur Imen. Il avait tenté en vain de raisonner sa mère et les hommes du bar, mais il s'était heurté à une profonde intolérance. Ces gens-là condamnaient ceux qui osaient penser autrement qu'eux, parce qu'ils étaient persuadés de détenir la vérité. Ils étaient les parfaits représentants de la bassesse dans laquelle ils s'enlisaient. Ils n'eurent aucune compassion pour cette jeune fille et n'acceptèrent pas de lui présenter leurs excuses. Des êtres animés d'un tel complexe de supériorité ne se rabaissaient pas à ce genre d'attitude jugée bien trop déshonorante.

Erwan souffrait pour Imen. Il ne pouvait supporter ses angoisses, ses blessures, ses inquiétudes et espérait pour elle le meilleur.

Il la jugea trop naïve, vulnérable, bon enfant, gentille, généreuse et pure. Elle représentait tout ce qu'il appréciait chez une fille… mais il était fiancé à Lisa.

Il s'empressa de la soutenir dans sa détresse en témoignage de sa profonde estime.

Imen ouvrit la porte. C'était Erwan.

– Je suis au courant de la calomnie dont tu es victime. Je crois sincèrement qu'il serait sage d'abandonner cette mission. Les gens d'ici sont rustres, tu sais. Ils n'acceptent pas que l'on dérange certaines conceptions, que l'on réveille le malheur en fréquentant certains lieux maudits. Certains demeurés, sans aucun humanisme, pourraient tenter de te donner une bonne leçon pour te faire fuir.

Imen était résolue à poursuivre sa quête. Erwan ne la comprenait toujours pas.

Il fit ses au revoir, car il devait partir avec Lisa en week-end. Il lui promit de conserver leur amitié et de lui rendre visite à Grasse.

Erwan ne l'abandonnait pas. Il lui offrit son aide et espérait un heureux dénouement à cette mission.

Cette visite mit du baume au cœur à la jeune femme.

Prostrée sur la berge, Imen rivait ses yeux sur l'écoulement continuel et routinier des eaux émeraude du Verdon. Son esprit était ailleurs, ressassant inlassablement l'incident. Les paroles horribles martelaient encore ses pensées. « Achever », « tuer », « abattre » traduisait une ferme volonté de mettre un terme à l'existence du loup. Cette cruauté éveillait désagréablement des images sanguinolentes. Imen les chassa. Surgirent ensuite, les propos venimeux dont elle fut victime. Ils la harcelèrent. Le mot « coupable » la traumatisa. Cette accusation la faisait frémir comme le couperet tranchant la tête de l'assassin. On la jugea responsable d'un délit causé au nom du mal. Comme tout coupable, elle devait être blâmée ou condamnée. La sentence appela à la torture morale : « l'étrangère » désigne celle qui n'appartient pas au village, au groupe… une notion d'exclusion qualifiant sa présence d'indésirable, suggérant sa fuite. Mais la calomnie s'était jusqu'alors peu exprimée.

Au cours de l'après-midi, Imen s'était discrètement hasardée à localiser le chemin du Roc menant au vallon des Sorcières depuis l'église. Lors de son repérage furtif, elle subit quelques injures, vociférées violemment par des inconnus dans le but d'attirer l'attention des passants qui ne connaissaient pas la jeune femme. « Fiche le camp d'ici, ignoble démon ! » ; « attention ! Voilà la femme loup-garou. Ne vous approchez surtout pas ! »... Instinctivement, tous les piétons s'éloignèrent d'elle et la dévisagèrent. Imen prit conscience d'une pénible réalité : elle était l'incarnation même du malheur pour les villageois. Ils voyaient en la jeune femme, la mère, l'auteure des évènements fâcheux, funestes, de la malchance, de sorts hostiles. Imen était l'imprécatrice malgré elle.

Ces accusations blessantes l'accablèrent.

Imen pensa à Erwan. Son sourire chaleureux lui manquait.

Elle se remémora l'idylle, l'affabulation dans laquelle elle s'était transportée.

Elle revit ce baiser qui avait brisé ses rêves, un amour dans lequel elle s'était égarée. Aveuglée, elle s'était éloignée de son devoir, n'y méditait plus. Ce baiser qui l'avait tant meurtrie sur l'instant était en fait salvateur. Grâce à lui, Imen était redevenue elle-même, avait reprit conscience de la réalité et du sérieux de sa mission. Désormais, elle se souviendrait avec tendresse de ce moment fugitif où les lèvres d'Erwan et de Lisa se rejoignirent, à cette union mutuelle symbolisant la communion de leur âme.

Tel un soldat attendant de donner l'assaut, Imen s'était retranchée dans sa chambre, sans se faire remarquer, vers vingt heures. Elle se félicitait d'avoir profité de l'effervescence du restaurant, comble en ce samedi soir, pour rentrer discrètement à l'hôtel.

Depuis, Imen patientait, se préparait mentalement à accomplir une nouvelle épreuve résumée en une phrase : « Un prénom résonnera dans le vallon des Sorcières dès minuit ».

Imen avait eu le temps d'y méditer, mais la longue attente fit naître une peur latente qui s'était forgée tout au long de la journée. Cette peur s'amplifia au fil des heures.

Se retrouver dans la forêt en pleine nuit ne l'effrayait pourtant pas.

Imen redoutait surtout les dangers présagés par le songe. Les initiés, tout comme les autochtones, l'attendraient peut-être dans le bois pour compromettre son avant dernière épreuve.

Elle revit en pensée le film des récents évènements, malgré elle. Curieusement, deux visages répugnants s'imposèrent à sa mémoire. Elle se rappela avoir croisé le regard cruel de l'Homme rustre de l'Hôtel du Lachens dans le bar de Mme François. Il avait participé à la calomnie. Mais sa présence relevait-elle d'une simple coïncidence ou d'une machination diabolique ?

Puis, il y eut l'apparition de l'Homme de la rivière, caché dans l'obscurité de la porte de l'Annonciade. En fait, Imen n'était pas certaine de l'avoir vu. Elle eut une vague impression d'être espionnée. Elle douta donc de la véracité de ce souvenir. Ce n'était probablement qu'une méprise, une exagération liée à l'omniprésence de la peur, un stimulus engendrant la paranoïa.

L'imminence du départ ébranla son inconscient qui, tel un fragile navire ballotté par une mer en furie, chavirait parfois, se relevait toujours. Malmené depuis le début du périple, las de lutter, il implorait le repos. L'inconscient la secoua par un déferlement de tourments et d'interrogations.

Comment la nature pourrait-elle murmurer un prénom ? Serait-elle amenée à rencontrer dans le bois une personne avisée de sa quête ? En quoi la connaissance de ce prénom était-elle primordiale ? Pourquoi Mme Truc avait-elle été très évasive sur ce sujet ? Pourquoi laissait-elle Imen s'enliser dans de nombreuses incertitudes ?…

Imen rêvait de réponses. Ce mot l'obnubilait ; sa définition la stupéfiait par son réalisme résumant parfaitement sa propre situation. L'énonciation – *éclaircissement apporté à un point obscur* – rappelait la dualité symbolique lumière-nuit qui marquait profondément la mission qu'Imen menait.

Imen espérait quelques mots… seulement quelques mots pour la délivrer des terribles angoisses.

Imen avait soif de ces mots rendant compréhensible, comme par enchantement, ce qui paraissait jusqu'alors ambigu, secret, mystérieux.

La connaissance rassurait, effaçait par ses explications la peur de l'inconnu.

L'absence de réponses exacerbait ses craintes.

La nuit, évocatrice du néant, du chaos, de la confusion et du désordre attisait aussi ses affres.

L'inconscient profitait de la nuit pour briser ses chaînes et revenir aux confins de l'indéterminé où se mêlent cauchemars, monstres, idées noires.

Chaque traversée nocturne renferme la promesse de l'aurore, comme l'hiver contient celle du printemps.

Dans les ténèbres fermente le devenir, celui de la préparation du jour où jaillira la lumière de la vie.

Imen se consolait par cette précieuse pensée.

Son portable affichait vingt-trois heures cinquante. Imen s'arracha de son doux cocon pour se lancer à corps perdu dans une aventure singulière.

Aussitôt dans le couloir, elle eut la gorge nouée ; des palpitations, des gênes respiratoires la frappèrent instantanément. Elle parvint à maîtriser cette angoisse.

À pas feutrés, Imen descendit l'escalier, longea le corridor et quitta l'hôtel sans rencontrer personne.

Dehors, des réverbères en fer forgé magnifiaient les ramures des platanes, aux larges feuilles palmées. Ils glorifiaient l'arbre, ce symbole de la vie en perpétuelle évolution, mettant en communication le souterrain par ses racines s'enfonçant dans les profondeurs, la surface de la terre par son tronc, la lumière du ciel par ses branches supérieures et sa cime. Des rires égrenés et explosifs, des conversations animées s'échappèrent des restaurants et cafetiers cachés sur la place Marcel-Sauvaire et rompaient la sérénité nocturne.

En quelques pas, Imen se trouva devant l'église dont l'entrée recevait le léger éclairage d'un lampadaire. La lumière se focalisait sur le tympan du portail de l'édifice embelli d'une peinture représentant le Christ drapé de bleu. Elle mettait en valeur l'attitude du messager ; une main tendue près du cœur rouge sorti de sa poitrine et l'autre, orientée vers l'extérieur, exaltaient sa pensée profonde : « Je suis la Voie, la Vérité et la Vie. » La fresque invitait à la réflexion.

Douze coups puissants, au tempo parfait, sonnèrent minuit, le signal du grand saut pour l'inconnu.

Imen s'aventura prudemment dans la ruelle, s'arrêta souvent pour s'assurer scrupuleusement de l'absence humaine, balayant de sa torche les lieux trop sombres.

Être seule la réconfortait.

Cette même lumière rayonnant sur l'église devint lueur dans la petite rue, puis s'évanouit dans l'obscurité, à la naissance du chemin, trop faible pour lutter contre les ténèbres. Le clair de lune ne permettait pas de distinguer les pierres et les marches naturelles jalonnant le chemin du Roc. Imen dut recourir à la lampe, surprenant violemment dans leur sommeil quelques passereaux nichés dans leur douillet buisson qui, effrayés, s'envolèrent vers d'autres refuges plus calmes.

Imen abandonna rapidement la grossière voie pour une sente menant directement vers la forêt, à l'entrée naturellement marquée.

De grands chênes blancs, frêles, serrés les uns près des autres, parfaitement alignés, formaient une barrière naturelle empêchant toute incursion hasardeuse. Une telle configuration n'offrait qu'une seule possibilité pour pénétrer dans le bois : braver deux imposantes sentinelles veillant sur l'unique passage.

Les troncs noirs crevassés des deux énormes chênes rouvre aux formes étranges, ainsi que la majesté de leurs branches noueuses, impressionnèrent la jeune femme. Elle éteignit la torche pour les contempler sous la clarté vespérale. Le spectacle devint terrifiant. Les branches ressemblaient à d'énormes tentacules pétrifiés donnant l'illusion d'être inoffensives… mais en fait, elles attendaient dans un demi-sommeil le téméraire qui oserait franchir le seuil de la forêt, prêtes à se contorsionner pour étrangler le malheureux inconscient.

Les ombres nocturnes attisèrent la peur. Imen s'éclaira et regarda différemment les arbres. Leur présence avertissait le promeneur qu'il pénétrait dans le temple de la forêt, un univers particulier encore empreint de l'âme des magiciennes druidiques.

Troublée, Imen entra dans le bois.

Elle découvrit un paysage commun de chênes blancs adorés par de nombreuses fougères mâles autrefois prisées des sorcières. D'évidence, les reines de la forêt avaient habité ce lieu pour pratiquer leurs rites.

Ces ancêtres de tous les végétaux la fascinaient. Il y a des millions d'années, les fougères furent les seules plantes, avec leurs trente mètres de hauteur, à offrir de l'ombre aux premières formes animales. D'un point de vue analogique, la fougère est l'unique plante du règne végétal s'apparentant le mieux à l'homme avec un système de reproduction des plus singuliers rappelant celui de la reproduction humaine. Des cellules germinales – les gamètes – se déplacent nues au fil de l'eau et arrivent jusqu'aux cellules femelles pour les féconder.

C'était pour cette raison que dans leur magie, les sorcières accordaient une grande importance aux spores des fougères notamment pour éloigner les esprits malins et les fantômes.

Imen n'osait pas s'aventurer.

Elle éteignit la lumière pour se fondre dans l'obscurité et écouta le chant de la nature.

Elle entendit seulement les grésillements stridents des grillons d'arbres. Leur concert, bien que lassant par les rythmes et les intonations sans variété, la captivait. Le prénom serait peut-être murmuré par leurs consonances.

Imen se concentra longuement, attentivement sur ces stridulations répétitives et monotones, sans succès. Les grillons ne connaissaient manifestement pas le prénom ou bien ne voulaient-ils pas le dévoiler !

Mme Truc avait pourtant affirmé qu'un prénom résonnerait dans cette forêt. Or, la chênaie était endormie.

Imen ne perçut aucune autre vie que celle des grillons.

Le vent, dans ses tourbillons puissants ou légers, aurait certainement pu hurler ou souffler le prénom, mais il s'était envolé vers d'autres contrées.

Déconcertée, Imen ne sut que penser de cette situation insolite.

Elle ralluma la torche, explora les alentours afin de s'assurer qu'il n'y avait personne, puis se replongea dans l'obscurité.

Peut-être devrait-elle s'enfoncer dans le bois ?

Imen s'éloigna de l'orée, frôlant dans la pénombre les fougères aux grandes frondes émeraude finement découpées. Elle s'attarda à observer la seule d'entre elles, qui presque par enchantement, recevait une lueur lunaire. Cette très belle fougère mâle n'appartenait pas plus au sexe masculin que la fougère femelle n'était femme. C'était l'allure de leurs frondes, puissantes et viriles pour l'une, élégantes et fine pour l'autre qui les distinguaient.

Imen toucha les feuilles. Sur leur face inférieure, des rangées parallèles de tâches bleutées et saillantes renfermaient des spores sur lesquelles reposait tout l'avenir de la plante.

À la fin de l'été, la membrane se flétrirait, les sporanges s'ouvriraient et des milliers de spores se répandraient sur le sol. La spore germerait en une plantule porteuse des éléments sexués capables de donner naissance à une future fougère.

Imen continua à pas mesurés.

Sa vue s'accoutuma à la nuit.

La forme frêle des chênes blancs amplifiée par l'obscurité ne l'effrayait plus.

Sa peur s'était inclinée devant son obsédante quête du prénom.

Les grillons ne cessaient de crier leur mélancolie.

Imen s'arrêta près d'un arbre sur lequel chantait un de ces insectes. Elle l'entendit plus distinctement que les autres. Il était tout proche, mais elle ne le vit pas.

Elle se souvint que les grillons d'arbres pouvaient donner des indications précises sur la température ambiante grâce à la fréquence de leurs stridulations. Imen s'amusa alors à les compter sur huit secondes. Elles étaient approximativement de douze. Il lui suffisait d'ajouter le chiffre quatre afin de déterminer précisément la température en degrés centigrades. Le résultat obtenu de seize degrés semblait correspondre à la réalité.

Ce jeu lui fit oublier que tout pouvait basculer à chaque instant, que rien n'était figé dans le temps.

Soudain, un terrible cri d'épouvante sortit de sa gorge et brisa violemment la sérénité.

Sa voix transmettait tout l'effroi qui la glaçait.

De gros doigts venaient de presser vigoureusement son épaule, jusqu'à l'os.

Imen se retourna instinctivement, alluma la lampe mais ne vit personne et n'entendit aucun son trahissant la mouvance d'un corps.

Imen tourna sur elle-même, haletante, l'épaule endolorie, éclairant les arbres, le sol, les fourrés, s'enlisant dans sa panique.

Imen perdait son sang-froid, tournait inlassablement.

Dans ses mouvements de rotation excessifs, les gros doigts comprimèrent fortement son bras, puis son épaule, puis sa taille mais ils restaient invisibles.

À chaque toucher, Imen poussa des cris, parfois retentissants, parfois aigus et légers, entrecoupés de gémissements qui perduraient même lorsqu'il n'y eut plus aucun contact.

Peu à peu, Imen se calma, respira profondément pour dissiper son affolement et tenta de réfléchir sur ce qu'il venait d'arriver. Elle pensa à une manifestation psychosensorielle de sa peur, agacée de rester latente.

Imen poussa un autre cri, long et perçant, dont les échos se perdirent dans les ténèbres.

Un souffle chaud, celui d'une respiration, chatouillait à présent son oreille.

Instantanément, Imen se protégea de cette désagréable sensation avec la main. Mais l'autre oreille fut immédiatement soumise à une torture différente : des murmures remplacèrent le souffle.

Des frissons jaillirent sur tout son corps, des tremblements incontrôlés la brisèrent, sa respiration devint effrénée, mais Imen tenta malgré tout de se maîtriser pour distinguer les mots susurrés.

La voix basse s'éclaircit.

Le chuchotement s'effaça pour un parler distinct qui répétait lentement « Santa Lucia » avec une intonation particulière.

La voix possédait un mouvement mélodique caractérisé par des variations de hauteur des voyelles. Le premier « a » de Santa était plus élevé que le deuxième tandis que pour Lucia, le « i » était plus appuyé.

Puis, la voix se tut.

Imen ne bougea plus.

Hébétée, elle ne pensait à rien.

Son regard sombra dans l'obscurité. Le prénom si espéré martelait son esprit.

La dragonne, accrochée désespérément à son poignet, laissait la torche éclairer stupidement le sol.

La peur, toujours présente, se délectait à anéantir ce corps qu'elle s'était approprié, en le rendant amorphe. Cette peur n'exprimait plus le sentiment instinctif de Mlle Darel face à l'inattendu. Cette peur s'était instillée insidieusement dans sa chair pour se transformer en une redoutable ennemie déterminée à accomplir sa tâche : tuer sa victime.

Son cœur frappait fortement contre sa poitrine comme le prisonnier cognant de ses poings la porte de sa cellule pour fuir.

Dans un élan de rage, les coups s'accélérèrent pour espérer rejoindre la liberté, mais s'essoufflèrent vite sous les spasmes qui ramenèrent le captif à la résignation.

Ses yeux se troublèrent sous le joug d'une étrange ivresse. L'environnement, jusqu'alors immobile, se mouvait.

Imen vit les troncs se contorsionner et les fougères s'évertuer à d'infinies révérences obsessionnelles.

De violentes rafales sortirent de sa bouche, alarmées par la souffrance du corps. L'ahan s'affolait, implorant désespérément une trêve pour retrouver la sérénité.

Ces désagréables sensations, Imen les ressentit maintes fois au cours du songe. Ces réelles alertes précédaient-elles l'abîme annoncé par le rêve ? Devait-elle croire aux mauvais présages ?

De grandes ombres mystérieuses aux formes imprécises surgirent des entrailles ténébreuses. D'autres silhouettes les rejoignirent, se pressèrent les unes contre les autres, formant une armée au corps invincible. L'énorme volume progressa lentement, prudemment vers Imen jusqu'à dévoiler son vrai visage.

Stupéfaite, Imen reconnut le brouillard. Il avait quitté les cimes pour l'égarer dans son épaisseur opaline, et l'empêcher de quitter le bois aidant ainsi la peur, son amie, à commettre un crime parfait.

Il lui annonçait en toute honnêteté la mort.

Imen comprit. L'étrange songe, qui l'avait hantée pendant tant de nuits, se réalisait.

Elle se retourna vers les grands chênes qu'elle percevait à peine. Les longs voiles blancs l'encerclèrent, foncèrent sur elle, se resserrèrent comme un étau afin de la noyer dans leur densité et la rendre invisible.

Leur geste lui signifiait ainsi le proche coup de grâce.

Imen n'existait déjà plus. Son corps était comme enseveli dans les vapeurs.

Dans un grand élan de volonté, Imen s'aventura dans ces immenses voiles impalpables pour rejoindre les sentinelles.

Elle avançait, le regard accroché à la noirceur des grands chênes comme le marin, perdu dans l'immensité océane, ramerait, guidé par la lueur salutaire d'un phare.

La délivrance approchait. Les formes étranges des grands arbres devenaient plus distinctes.

Enfin, lorsque Imen put regarder les arbres dans toute leur splendeur, elle sortit de la forêt.

Elle redécouvrit avec délices la douce et discrète lumière lunaire, se précipita sur le sentier, puis descendit prudemment le chemin.

Elle se retourna.

Le brouillard, qui venait d'échouer dans son complot diabolique, resta dans la chênaie.

Imen s'enivra alors à pleins poumons de cet air pur, frais et humide, puis leva les yeux sur l'immense voûte céleste étoilée.

Elle savourait sa liberté retrouvée… Mais au même moment, quelque part dans une cave de la cité, naissait un terrible maléfice.

Une vieille femme, se tenant près d'un établi usé, craqua une allumette. Elle dit d'un ton solennel :

– Avec cette même flamme, j'allume ces trois bougies noires (elle éteignit l'allumette et la jeta à terre)… pour appeler les Trois Furies, gardiennes des lois de la Nature et de l'ordre des choses. Qu'elles puissent sanctionner tous ceux qui outrepassent leurs droits aux dépens des autres. Qu'elles poursuivent cette jeune femme en semant l'épouvante dans son cœur. Acceptez en offrande ces bougies noires pour accomplir la destruction. Il est grand temps maintenant que le maléfice réalise son œuvre.

Les Furies l'entendirent.

Elles se manifestèrent au travers des flammes en empruntant des formes hybrides de chiens et de serpents.

– Ravie de vous voir honorables déesses de la Vengeance. Que votre colère soit terrible. Que le châtiment envers la violation de l'ordre soit impitoyable…

Tourbillons diaboliques

Des montagnes boisées, façonnées par l'ère glacière, dominaient des eaux perses tranquilles. Les grandes éminences, jalouses de leur beauté, les avaient emprisonnées dans une petite vallée étroite qui semblait ne mener nulle part.

Les gracieuses ondes, vaincues, vénérant les reines émeraude, avaient conservé toute leur pureté et aspiraient à une certaine sérénité.

Ce paysage grandiose, ressemblant à s'y méprendre aux fjords norvégiens, invitait à la féerie et au mystère des lutins invisibles des forêts.

Imen découvrit avec émerveillement ce site magnifique, bien caché aux alentours de Castellane, s'enorgueillissant de sa splendeur sauvage.

Depuis le sommet arrondi d'une colline, Imen dominait le lac de Chaudanne et s'extasiait devant son éclat. D'immenses sentinelles veillaient sur le joyau.

Imen trouva ici ce qu'elle cherchait désespérément dans son rêve : la montagne noire. Elle différait de la montagne onirique, grande et pointue, mais c'était bien une montagne noire, ou plus précisément, une robine, selon le terme géologique.

Imen avait aisément gravi le terrain de marnes noires, une terre meuble que chacun de ses pas réduisait en sable. Son obsession onirique traduisait en fait le but à atteindre, l'aboutissement de la mission, une ultime épreuve pour sauver Mme Truc. C'était la retranscription logique du rêve. Cependant, Imen y entrevit une autre connotation, d'ordre moral, un enseignement philosophique.

La montagne représentait le terme de l'évolution humaine et la fonction psychique du sur conscient qui est de conduire l'homme au sommet de son développement. Car tel est le destin de l'homme, toujours aller de bas en haut pour atteindre les qualités supérieures de l'âme.

Au cours de l'ascension pénible, Imen médita profondément. La montagne noire lui enseigna de tirer des leçons de chaque épreuve. Car face aux adversités réservées par l'existence, la sagesse, qui s'est forgée au fil des expériences, est une arme précieuse. Elle ménage une juste distance d'avec les accidents ; elle permet de conserver une certaine contenance lorsque les choses deviennent trop lourdes, étouffantes ; elle chasse les vieux démons.

Soit. Mais comment tutoyer cette philosophie lorsque la vie est en péril ? Imen, sous son apparente sérénité, redoutait à chaque instant l'apparition de ses ennemis.

Son regard s'enivrait de la somptuosité du lac, mais elle ne cessait de penser au pire. Comment ne pas y songer ? Les initiés ne devraient-ils pas profiter de cette dernière épreuve pour l'empêcher de ramener à Mme Truc toutes ces atmosphères dont elle s'était imprégnée ?

Imen se souvint de tout ce qu'elle avait accompli ; les actions étranges, les significations énigmatiques… Santa Lucia, ce prénom chuchoté à son oreille, résonnait encore en elle. Qui était Sainte Lucie ? Une sorcière ayant vécu à Castellane ? Etait-ce son esprit qui se manifesta ce soir-là ? En quoi ce prénom était-il indispensable à Mme Truc ?

Ces nombreuses questions la harcelèrent.

Imen n'était qu'une exécutante : elle menait une quête et non pas une enquête.

Imen voulait quitter au plus vite ce site majestueux pour dissiper ses inquiétudes et mettre un point final à sa mission périlleuse. Auparavant, elle devait se pénétrer d'une exceptionnelle force naturelle.

« Tu puiseras la puissance magnétique de la terre noire. » Mme Truc faisait allusion aux courants telluriques. C'étaient des champs magnétiques d'énergies subtiles provenant du sol et dont les influences affectaient les mœurs et les caractères des habitants.

La force tellurique pouvait s'avérer effrayante.

Imen pensa aussitôt aux terribles catastrophes tristement célèbres du 35e parallèle, dans le Triangle des Bermudes, mais aussi à d'autres constats étranges : une route à la réputation meurtrière alors que son tracé ne présente aucun danger tandis que dans le même secteur, il ne se produit jamais d'accident sur une route à la configuration dangereuse ; des champs plus productifs que ceux d'à côté sans explications particulières ; des maisons inexorablement frappées par le malheur depuis des décennies alors que leurs voisins ont toujours baigné dans le bonheur… La présence d'une source sous une habitation ne porterait-elle pas malheur à ses occupants par l'émission d'ondes négatives ?

Imen tenta d'imaginer ce qui était invisible, c'est-à-dire les structures de rayonnement s'élevant à la verticale, traversant tous les obstacles. Ces énormes bandes rectangulaires larges de deux mètres, longues de quatre à douze mètres, quadrillent la planète et leurs points de rencontre apporteraient des ondes négatives.

Et pourtant, certaines de ces forces géomagnétiques sont positives et permettent de recharger les énergies vitales.

Imen supposa se situer dans un rectangle – c'est-à-dire au cœur d'une structure de rayonnement – mais elle ne pouvait savoir si l'énergie qui s'en dégageait était positive ou négative.

Une sensation inconnue se manifesta.

Imen ressentait la circulation du sang aux pieds, aux jambes et à la tête. L'impression d'écoulement fin et bouillant n'était pas désagréable. L'expérience se révéla intéressante. Imen ne pensait pas que le liquide rouge circulait aussi rapidement dans ses veines. C'était surprenant.

L'étrange perception dévoilait l'extraordinaire complexité de l'organisme. Elle ne dura pas. Un intense éreintement la remplaça.

Imen ne connut jamais une fatigue aussi malsaine, pesante et pénible qui semblait vouloir neutraliser tout mouvement.

Imen ne parvint pas à se lever... Ses forces l'avaient abandonnée. Son corps était pareil à un fardeau, presque trop lourd à supporter.

Elle souhaita partir de l'endroit maudit, mais les puissances telluriques produirent un clivage terrible au sein même de son être : le corps, épuisé, n'obéissait plus à la volonté.

Quitter la montagne diabolique exigeait des efforts surhumains.

Imen déploya alors une énergie phénoménale pour se dresser. Poser un pied devant l'autre lui coûtait.

Elle marcha lentement, difficilement, imposant fermement son ardent désir à son corps exsangue.

En pénétrant dans la chênaie, elle retrouva instantanément, comme par miracle, une excellente condition physique.

La forêt abritait un hameau édénique. De petites bergeries restaurées en pierre de taille embellies de volets colorés donnaient un superbe cachet à La Silve. Son lavoir, au bassin de pierres blanches, en arc de cercle, enjolivait le lieu-dit.

Le site enchanteur, protégé par les arbres sacrés, apaisa la jeune fille.

Imen roulait sur la route Napoléon. Elle se trouvait sur le col de Luens et se remémora sa descente infernale avec à bord l'Homme à la hache.

En redécouvrant chacun des lacets de la route, Imen réalisa qu'elle avait pris d'énormes risques. Elle se revit accélérer dans la vertigineuse pente, couper les tournants, se déporter souvent par une vitesse excessive ; la maîtrise du véhicule faillit lui échapper maintes fois. Ce jour-là, Imen s'était aventurée dans un jeu périlleux, celui du quitte ou double, celui de tout risquer pour sauver sa vie parce qu'il n'y avait pas d'autres alternatives.

Le col éveillait désagréablement ce douloureux souvenir. Le malaise était constant.

Imen ne cessait de se poser cette perpétuelle question. Pourquoi ses ennemis ne s'étaient-ils pas manifestés ? Leur absence semait une extrême confusion dans ses pensées. Devait-elle y entrevoir le signe de sa victoire ou de sa défaite ? Le succès l'avait-elle rendue invincible au point que ses ennemis ne pouvaient plus l'affronter ? Ou bien s'étaient-ils éclipsés pour savourer son échec, condamnant ainsi Mme Truc à une fin fatale ? Imen ne comprenait pas les motivations des initiés à laisser s'enfuir une profane qui avait violé leurs lieux sacrés, qui avait vu, ressenti l'étrange, l'occulte.

De mauvais pressentiments l'assaillaient.

Imen redoublait de vigilance.

Elle jetait un coup d'œil sur chaque conducteur croisé, prête à réagir au moindre doute.

Imen surveillait également les rétroviseurs : aucun véhicule ne la suivait.

Elle descendit sur La Bâtie. Bientôt, elle rencontrerait une petite route, une voie sans issue menant au Cloutas, une oasis de verdure qui lui rappelait l'assaut des vipères, le spectacle des truites et sa méprise sur la vieille dame.

Subitement, un choc violent ébranla la Cooper dont elle perdit le contrôle. Il eut lieu à l'intersection même. Un vieux Patrol vint à sa hauteur, heurta volontairement, d'un brusque coup de volant, l'aile de sa voiture, l'obligeant à changer de trajectoire et à s'engager sur la petite route du Cloutas.

Terrorisée, Imen réalisa aussitôt la gravité de la situation. Elle était tombée dans une embuscade soigneusement dressée par les initiés. Ils ne lui laissèrent aucun répit. De ses puissants pares-buffles en chrome, le tout-terrain la poussait à vive allure.

La route grossièrement goudronnée devint un chemin caillouteux, crevassé et bosselé.

Paniquée par cette vitesse qu'elle ne maîtrisait pas, Imen tenta quelquefois de freiner pour aborder moins rapidement certaines portions creuses, mais son initiative s'avérait encore plus dangereuse. Lors des violents rebonds et soubresauts du véhicule, Imen faillit heurter la tête contre le volant.

Prisonnière de ses poursuivants, de ce chemin côtoyant des montagnes et des bois, elle avançait inexorablement, hantée par le spectre de la mort.

Elle redoutait les terribles intentions des initiés. Avaient-ils prévu de la tuer ?

La voie mourut sur un bosquet. Imen percuta frontalement un pin. Le choc fit caler le moteur. Imen ne pouvait aller nulle part, cernée par des arbres et par ses ennemis.

Tremblements, picotements, sueurs exprimaient une peur extrême.

La situation était désespérée.

Verrouillée dans son véhicule, Imen implorait le miracle.

– Ravi de vous revoir Mademoiselle !

Imen tourna les yeux vers le coté passager et découvrit avec horreur l'Homme qui parlait aux poissons. Il riait aux éclats :

– Mais j'aimerais bien vous voir d'un peu plus près.

Sur ces mots, l'homme jeta par l'entrebâillement de la vitre de petits cordons marron qui atterrirent sur le siège inoccupé.

En voyant se mouvoir les cordelettes, Imen poussa un cri de terreur. Des vipères rampaient joyeusement sur le fauteuil et dévoraient de leurs prunelles perçantes la proie humaine.

Imen mit fin à cette vision insoutenable en sortant précipitamment de son habitacle et se retrouva face à un visage longiligne, glacial, sinistre, aux petits yeux noirs cruels. Cette expression terrifiante la pétrifia. Elle l'avait déjà croisée au Restaurant du Lachens et la comparait à celle du redoutable basilic, reptile fabuleux tuant par son seul regard.

L'homme l'empoigna.

Sa voix grave dévoilait un caractère féroce :

– Mme Truc doit mourir et toi, tu as vu trop de choses…

L'Homme aux truites serra l'autre bras de la jeune femme.

Tous deux la traînèrent ainsi le long de la rivière.

Imen se débattait, criait son innocence en vain. Son désespoir faisait rire l'Homme aux poissons. Il jouissait de son épouvante. Plus Imen hurlait, plus elle gesticulait et plus l'homme riait. Son sadisme s'exprimait d'une manière quasi ininterrompue par des rires très variés : gloussements, ricanements, hurlements animaient cet individu frappé d'une affligeante faiblesse d'esprit.

Les muscles de ses bras souffraient sous l'étau des mains immondes de ses geôliers.

Imen était pareille à un objet encombrant que l'on traînait, que l'on soulevait avec une telle impétuosité qu'elle se trouva rapidement sur la falaise surplombant la rivière.

Le simplet arrêta momentanément de s'esclaffer.

Imen, tremblante, pleurant, le regarda furtivement. Les yeux exorbités, le visage radieux, l'homme se délectait de sa détresse. Il était impatient de participer à l'issue fatale. Il avait hâte de parvenir à une certaine jouissance, à la volupté mais pour atteindre cette apothéose, il fallait faire durer encore un peu le prélude, celui de se régaler à infliger des souffrances morales sur la victime.

– Tu vois, le trou en bas… et bien, il appartient au diable. Il va t'accueillir avec les griffes de ses pieds et de ses mains, avec ses bois de cerf et avec son épée blanche. Ha, ha, ha… ! N'aie pas peur… ! Une fille comme toi ne doit pas avoir peur. Tu vas faire un beau voyage… et mes truites pourront te rendre visite… pour te dévorer !

Il avait prononcé ces derniers mots avec hargne.

Prisonnière de monstres pervers, Imen lançait désespérément le cri de la vie. L'homme se remit à rire.

Son acolyte répondit sèchement aux supplications d'Imen :

– Ce ne sera pas un crime puisqu'on ne rerouvera jamais ton corps. Ce sera juste une disparition parmi tant d'autres, car ce trou n'est pas comme les autres. Malheur à celui qui s'aventure dans ses eaux vertes, car il n'en ressortira jamais. Mais avant de rejoindre le trou, tu as droit à une petite surprise…

Les hommes s'écartèrent timidement, ne lâchant pas leur victime.

– Alors, vous me reconnaissez !

– Mme Miranda ! s'exclama Imen.

Mme Miranda, la mine réjouie, venait de rejoindre les deux hommes. Elle était toujours coiffée du bob bleu.

Imen ne comprit rien. Qu'est-ce que cette vieille femme pouvait-elle bien faire ici ?

– Surprise, n'est-ce-pas ! (Mme Miranda riait.) Mme Truc ne doit pas vivre. Elle ne sait pas que je suis au courant de sa trahison. Elle ne doit pas vivre. D'ailleurs, je ne suis pas son amie. Je vais t'aider à sauter de cette falaise…

– Pourquoi tant de haine ? hurla Imen.

– Regarde bien cette bougie. Je l'ai fabriquée spécialement pour toi avec de la graisse humaine. (Elle l'alluma à l'aide d'un briquet).

– De la graisse humaine… C'est monstrueux !

– De la graisse humaine pour mieux implorer les déesses…

L'Homme de la rivière gloussait bêtement.

Mme Miranda approcha la flamme du doux visage d'Imen qui hurlait, se débattait… Les hommes la lâchèrent d'un coup. Imen tomba dans le vide.

Le plongeon ne fut pas trop violent.

Imen immergeait dans une eau froide, profonde et eut rapidement la vivacité d'esprit de vouloir rejoindre en quelques brasses la surface.

Malheureusement, son corps ne pouvait obéir à cette volonté salvatrice de retrouver l'air libre. Ses pieds semblaient comme aspirés par une force étrange qui excitait les eaux. Peu à peu, Imen se sentit entraînée dans les profondeurs malgré ses mouvements. Elle rejoignit rapidement des remous d'une puissance extraordinaire dont il était impossible de s'extirper.

Imen se savait prisonnière d'un tourbillon infernal vraisemblablement régit par des forces supérieures.

Son corps n'était plus qu'un élément dominé par une force démentielle. Il tournait inexorablement, heurtant régulièrement quelques rochers. Imen tenta de s'y cramponner, mais les eaux circulaient avec une telle rapidité que l'opération était vouée à l'échec.

L'apnée avait ses limites. Ses poumons réclamaient désespérément l'air. Imen persista à retenir sa respiration jusqu'au seuil critique où elle perdit connaissance…

La perception des couleurs était très nette tout comme celle des formes, très précise.

Un ciseau d'acier, flamboyant, la gueule béante, menaçait de couper un fil.

Apparurent ensuite trois jeunes femmes en longue robe dont le coloris différait pour chacune d'elle. Le jaune paille, le rose et le bleu ciel apportèrent à la fois douceur, réconfort et apaisement.

Les gracieuses, à l'ouvrage, faisaient tourner le rouet. Lachesis, Clotho et Atropos étaient condamnées à régler la vie de chaque être vivant à l'aide d'un fil de chanvre ou de lin que l'une filait (pour invoquer la naissance), que l'autre enroulait (le déroulement de la vie) et que la troisième coupait (pour provoquer la mort).

Elles filaient et défilaient le temps et la vie sans pitié, le caractère du destin étant irréductible.

Puis, la jeune femme en bleu se tourna et leva les yeux sur Imen. Son tendre visage au teint blanc délicat était relevé par une chevelure blonde.

La fée angélique parlait tout en souriant. Ses paroles devinrent peu à peu distinctes :

– Nous vivons tout près de cette rivière, dans une grotte. Nous savons que tu as prouvé ta maturité psychique et spirituelle après avoir brillamment triomphé des épreuves. Grâce à ta ténacité, ton âme a acquis un pouvoir surnaturel. Souviens-toi, un pouvoir surnaturel. Nous ne serons pas toujours là. Nous apparaissons au grès de nos envies. Nous ne couperons pas le fil de ta destinée.

Ensuite les phrases se répétèrent, s'éloignèrent puis la voix se tut.

Imen grelottait…

Elle était engourdie par de violentes douleurs qui la torturaient…

Le murmure de la rivière envahissait son esprit…

Elle sentit l'écoulement des eaux sur son corps…

Elle respirait profondément l'air frais…

Elle vivait.

Lentement, Imen reprit conscience. Elle se trouva agrippée à un rocher au pied de la falaise. Seul son buste émergeait du cours d'eau. Très vite, le souvenir amer se réveilla : le tourbillon infernal, le manque d'oxygène, Mme Miranda, le plongeon appartenaient désormais au passé.

Imen se hissa difficilement sur la pierre, s'assit puis mit beaucoup de temps avant de s'imprégner de la vie terrestre.

Elle venait de vaincre le mal.

À la croisée des chemins

La vieille dame dormait, enfoncée dans son fauteuil.

Les expressions de son visage et de son corps traduisaient une vive inquiétude. Les sourcils froncés accentuaient les rides du front tandis qu'une dent mordait la lèvre inférieure. Sa tête branlait d'un côté puis de l'autre ; ses jambes étaient tantôt croisées, tantôt décroisées.

La crainte de l'échec de la mission transportait Mme Truc dans un univers intermédiaire qui l'éloignait de la vie et la rapprochait du néant. Dans cette angoisse existentielle, Mme Truc pensait souvent à la venue de l'ultime seconde contre laquelle elle ne pourrait rien et qui lui serait fatale.

– Je savais que vous étiez là.

Imen tressaillit.

Mme Truc ouvrit les yeux, poussa un long soupir, puis se leva péniblement.

– Suivez-moi.

Mme Truc sortit de la salle à manger et s'arrêta en un point précis dans le vestibule.

– La passation d'énergies doit se faire à la croisée de quatre chemins. Ça s'est toujours déroulé ainsi depuis des temps immémoriaux. Là où nous sommes, ça ira. Je suis trop lasse pour aller ailleurs. (Le teint blafard de la vieille dame affecta Imen.) Regardez ! Là-bas, il y a le couloir qui va aux chambres ; dans l'autre sens, le couloir mène à la cuisine ; en bas, on peut aller dans la salle à manger et enfin en haut, on trouve le dégagement pour sortir de la maison. Nous sommes donc au centre et le centre est le foyer d'où partent les mouvements de l'un vers le multiple, de l'intérieur vers l'extérieur, du non manifesté au manifesté, de l'éternel au temporel, tous les processus d'émanation et de divergence, et où se rejoignent tous les processus de retour et de convergence dans leur recherche de l'unité. Le carrefour est le lieu où l'on retrouve la lumière, où apparaissent les fées et les bons génies. Il est aussi l'endroit de l'espérance, car la route suivie jusqu'ici n'était pas bouchée. Un nouveau carrefour offre une nouvelle chance de choisir la bonne voie et pour moi se présente aujourd'hui une nouvelle chance. Chaque être est en lui-même un carrefour où se croisent et se combattent les divers aspects de sa personne.

Mme Truc marqua une courte pause. Imen l'écoutait avec un profond respect.

– Donnez-moi vos mains.

Imen tendit ses fines mains hâlées, empoignées aussitôt par celles de la vieille dame, grossières, blanches et abîmées par le dur labeur.

– J'espère que ça va marcher. Pendant que je récite ma formule, il devrait se passer quelque chose.

Les larmes aux yeux, la gorge serrée, Mme Truc lui confia :

– Je suis très angoissée. Je ne veux pas mourir.

Puis, Mme Truc déclama avec ferveur l'incantation salvatrice qui devait raviver la flamme de la vie brûlant en elle :

Salut ô été

Salut ô soleil

Que le soleil brille là-haut et réjouisse nos cœurs

Que la nature vive dans toute sa splendeur

Que la fougère répande sa graine en représentation de l'humanité entière et de l'homme sexué

Que la verveine chaude au soleil apporte amour, fraternité et paix...

Pendant que Mme Truc prononçait ces paroles magiques, Imen sentit toutes les parties de son corps se glacer progressivement. Concomitamment à cette désagréable sensation qui lui donnait des frissons, Mme Truc semblait retrouver peu à peu une meilleure mine, et sa voix devenait plus vive.

Que le chêne, symbole solaire, s'érige majestueux à la recherche de la lumière

Que le saule nous donne la force de lutter contre le mal

Que l'iris s'ouvre en éventail et apporte la paix

Que la rose nous donne l'amour

Que le peuplier éloigne de nous l'adversité

Enfin, que le trèfle nous dirige vers le ternaire.

Mme Truc se tut.

Un sourire radieux illumina son visage. Imen comprit. La vieille dame était sauvée. Elle avait réussi sa mission.

– J'ai enfin retrouvé le lien. La flamme qui brûlait en moi s'en trouve ranimée. Je suis vraiment très contente. Je vous félicite. Vous avez très bien travaillé.

– La mission a été très difficile, effrayante et dangereuse… Mais, qu'est-ce que vous insinuez par le mot « lien » ?

– Ah ! C'est une vieille et longue histoire. Je possède un lien avec les forces occultes et ce lien m'a donné le pouvoir d'enlever les brûlures, les coups de soleil, les insolations et de chasser les mauvais esprits. Vous comprenez, je ne peux pas tout vous révéler, mais comme je sais que vous êtes curieuse, alors pour vous remercier, je me dois d'un peu vous éclairer. (Mme Truc marqua une courte pause.) Tous les soirs, plus précisément à la tombée de la nuit, je reçois un coup de téléphone pour venir en aide à quelqu'un. Je dois alors implorer Santa Lucia – c'est le prénom que vous avez entendu dans le vallon des Sorcières – préparer des potions… C'est pour cette raison que chaque nuit vous m'entendiez marcher et parler, car je dois obéir à certains rituels. (Levant les yeux au plafond.) Ah ! Santa Lucia, Santa Lucia, Santa Lucia… Je vous demande de continuer à réaliser mes vœux. Je vous remercie. (Fixant Imen.) Pauvre Sainte Lucie, reine de la lumière, que de misères elle a subi ! Ils ont essayé de la brûler à Syracuse, mais ça n'a pas marché car les flammes se sont éloignées d'elle !… Vous avez devant vous une descendante de sorcières, une rescapée de l'histoire. Mes ancêtres ont réussi à échapper aux persécutions sans doute grâce à Sainte Lucie. Si vous regardez la définition du mot sorcière dans le dictionnaire, vous vous rendrez compte qu'il y a encore des lourdes traces du passé. Pour eux, la sorcière est une personne qu'on croit en liaison avec le diable et qui peut opérer des maléfices. Par contre, il y a une autre définition de certains spécialistes, plus juste. La sorcière est une personne capable de guérir ou de nuire par des procédés et des rites magiques... Moi, j'appartiens aux sorcières qui guérissent. D'ailleurs, il y a très longtemps, les sorcières et les sorciers étaient indispensables. À l'époque, on ne connaissait rien du corps humain, de la nature et c'est pourquoi les maladies, la famine, les tempêtes étaient considérées comme des phénomènes surnaturels qu'il fallait combattre par des moyens surnaturels ! Ainsi, ceux qui pouvaient entrer en contact avec ces forces étaient très utiles pour protéger les villageois. Et puis, après la guerre de Trente Ans, il y eut les grandes famines et les épidémies. Les gens vivaient dans la terreur et avaient besoin de chercher le réconfort soit dans d'autres cultes que celui de Dieu, soit dans la poursuite de l'exclusion de celui qui porte-malheur, le bouc-émissaire, pour écarter le danger. Ainsi, l'Église, le pouvoir politique et judiciaire, vont s'unir pour restaurer l'unité de la foi, rétablir la paix sociale et éliminer certaines croyances. Dès ce moment, l'association de la sorcière au démon et au mal a été systématique, lançant alors une véritable chasse aux sorcières, pauvres reines de la forêt... En plus, il faut que vous sachiez qu'à l'époque, la femme était considérée comme une créature inférieure, celle par qui le mal était arrivé dans le monde en se laissant tenter par le diable au Paradis terrestre. La faculté d'enfanter lui donnait une puissance mystérieuse et lui permettait aussi, en formant avec Satan un couple maudit, de transmettre ses pouvoirs maléfiques.

(Mme Truc soupira.) Pauvres femmes ! Celles qui étaient accusées de sorcellerie devaient subir plusieurs épreuves. Il y avait l'épreuve de l'eau qui consistait à mettre une sorcière, pieds et mains liés, dans une grande quantité d'eau. Si la femme coulait, ce n'était pas une sorcière ; si elle flottait, elle en était véritablement une, car les sorcières pouvaient défier toutes les lois ! Il y avait aussi l'épreuve du « piqueur ». Le pacte avec le diable laissait soi-disant une marque particulière sur la peau que les juges devaient trouver. Cette marque était insensible à la douleur. Le piqueur bandait les yeux de la sorcière, puis la piquait sur tout le corps avec des aiguilles. Dès qu'il trouvait un endroit insensible, il la torturait afin qu'elle avoue ses crimes. À la fin de ces épreuves, la sorcière était brûlée publiquement… Tout était bien organisé pour anéantir ces femmes. Des Administrateurs étaient chargés d'arrêter les pratiques superstitieuses dans les campagnes. Les paysans, terrifiés, se sont mit à dénoncer les sorcières par peur d'être dénoncés à leur tour, car dans cette période très trouble, personne n'était à l'abri des accusations. Beaucoup de sorcières étaient simplement des gêneuses, des personnes qui avaient eu des mots, des conflits avec leur famille ou leur voisinage… Mais qui n'en a pas ! Et ils se demandaient si elles ne se vengeaient pas en jetant des sorts ! La jalousie, la rivalité, la haine, l'envie, la méchanceté des gens ont été la cause de beaucoup de condamnation. C'était très facile de faire du mal à une personne à l'époque, il suffisait de la dénoncer comme sorcière… On s'imagine toujours que la sorcière est une vieille femme aigrie, le menton et les genoux presque soudés par l'âge, le dos arqué, clopinant sur un bâton, l'œil creux, édentée, le visage raviné, les membres agités de tremblements et marmonnant dans la rue ! Ce n'était pas tout à fait vrai. Les sorcières étaient souvent de pauvres veuves sans le sou, mais la plupart d'entre elles étaient comme les autres femmes. Il est certains que les femmes âgées semblaient plus suspectes que les jeunes, car le maléfice était un art et pour l'exercer il fallait de l'expérience. Et puis, comme elles n'avaient pas de mari, elles ne pouvaient donc mener une vie raisonnable au foyer. En effet, le mari n'était pas là pour les retenir des tentations de s'offrir au diable. (Laissant exploser son rire.) Tenez ! Si je prends en exemple votre situation, une fille comme vous aurait certainement terminé au bûcher.

Imen ne put retenir sa surprise.

– Et oui ! Une fille célibataire, jeune et belle, était suspectée d'être une sorcière, car elle semblait capable de faire du mal autour d'elle en bouleversant l'équilibre moral des hommes, mêmes mariés !

– Mais c'est ridicule de penser ainsi.

– C'était comme ça. Et celles qui avaient des imperfections comme le pied bot, un œil qui louchait ou qui tirait sur le rouge, une tâche sur le visage, plus de cinq doigts à la main… étaient considérées à tort comme des sorcières et ont été brûlées. La raison est qu'ils pensaient que tout ce qui avait un rapport avec le diable devait avoir quelque chose d'anormal visible… Voilà, je vous ai conté brièvement l'histoire des sorcières. La sorcière et le loup ont subi une longue persécution… Pour satisfaire quoi ! (Mme Truc s'emporta.) La tradition universelle du bouc-émissaire. C'est une tendance profonde de l'homme à projeter sa propre culpabilité sur un autre être et satisfaire ainsi sa propre conscience, car il a sans cesse besoin d'un responsable, d'un châtiment, d'une victime. Le bouc-émissaire est chargé des fautes commises par les autres, sans qu'il soit fait appel à la justice, sans qu'il puisse présenter sa défense et sans qu'il ait été légitimement condamné. (Mme Truc s'accorda un court silence.) Et aujourd'hui, pour nous délivrer du malheur, du désenchantement de nos sociétés industrielles, la conscience collective a trouvé un autre bouc-émissaire : l'étranger ! Bien évidemment la peur de l'étranger a toujours existé, mais de nos jours elle s'est exacerbée avec les migrations, les moyens de communication, les échanges… La peur de l'étranger, c'est la crainte ancestrale de l'inconnu, de l'ambigu, de l'incertain. Par conséquent, l'étranger est susceptible de représenter un danger auquel il faudrait faire face. L'étranger, on le juge du premier regard, on l'accuse de tous les mots et on veut lui régler son compte pour s'en débarrasser à la première occasion, comme on aurait pu le faire au temps des sorcières. (Soupirant.) On ne refera pas l'homme… ça restera toujours un homme dans lequel sont enfouies des vilenies latentes. Enfin ! Dans ma famille, on a échappé à tout cela et chaque génération a pris soin de transmettre le précieux savoir des plantes et de certains rites. Mais ça, c'est mon secret, je ne peux vous le dévoiler.

Imen, abasourdie par tous ces propos, voulut savoir, encore et toujours plus.

– Mais pour quelles raisons votre vie était-elle en danger et pourquoi a-t-on tenté de me supprimer ?

– Pour détenir un pouvoir, il faut être réceptif, posséder une certaine sensibilité, ce qui signifie que les sorciers ont un lien très particulier et profond avec la nature et les forces occultes ; ils doivent aussi respecter un code. Par exemple, il ne faut jamais s'exposer devant des non-initiés pendant les charmes, les formules magiques au détriment de notre vie, car cela représente une trahison envers toutes ces forces. Ces hommes, que vous avez rencontrés, sont eux-aussi des descendants de sorciers ou d'alchimistes. Le peu de descendants que nous sommes s'est regroupé en une corporation secrète pour perpétuer, protéger notre science et ses règles. M'exposer cette nuit-là devant vous a été une grave erreur de ma part. Il n'y a pas eu grand-chose pourtant, quelques paroles… j'aurais mieux compris si j'avais exposé mon rituel où je parviens à faire dégager de la vapeur à une eau qui n'est pas chauffée… Mais non, je n'étais plus digne de mon pouvoir. C'est au nom du code que les hommes ont tenté de vous empêcher de vous imprégner de certaines forces de la nature. Votre présence dérangeait d'autant plus que vous étiez réceptive aux atmosphères mystérieuses de la nature et cela vous a sans doute beaucoup aidé au succès de votre mission. Le code doit être scrupuleusement respecté. Ça s'est toujours déroulé ainsi. J'ai été considérée comme une traîtresse et cette mission était le risque à prendre… Nous possédons tous un sixième sens, mais je n'en dirais pas plus. En tout cas, ces histoires de sabbat et de transport sur un balai ne sont que pure imagination. Nos rituels sont autres et en symbiose avec la nature.

– Mais ces hommes avaient-ils vraiment l'intention de me tuer ?

– Je pense qu'ils voulaient surtout vous faire peur… avec beaucoup de brutalité.

Imen n'était pas convaincue. Elle évita de parler de Mme Miranda pour ne pas inquiéter Mme Truc. De nombreuses zones d'ombres subsistaient dans cette histoire et Imen n'était pas vraiment satisfaite par les réponses.

– Et toutes ces épreuves, avaient-elles un sens particulier pour reconquérir le lien ?

– Oh oui ! Elles obéissent toutes à une logique. Je vais vous expliquer. En goûtant l'eau sacrée aux Quatre Termes, vous avez purifié votre corps. La purification était indispensable afin d'être réceptive aux forces de la nature. La lumière de la croix était une préparation pour recevoir mon pouvoir, car mon pouvoir est lié à la lumière, au soleil et au feu. Votre rencontre avec les vipères a permis d'éveiller votre pouvoir parapsychique et de procéder ainsi à votre renaissance. Vous retrouver dans les dédales et les ténèbres a exacerbé votre subconscient, un état échappant à toute rationalité. C'est alors que l'alchimie s'est poursuivie dans le vallon des Sorcières où Santa Lucia s'est manifestée en prononçant son prénom. À ce stade de la mission, les forces occultes étaient réunies en vous pour espérer me redonner ce que j'avais perdu. Il ne restait plus qu'à peaufiner en vous imprégnant du puissant magnétisme tellurique sans lequel mon pouvoir ne pourrait exister… Je comprends que tout cela vous dépasse… Il y aurait encore beaucoup à dire sur toutes la magie de la nature… mais je ne peux tout vous révéler. Contentez-vous de puiser dans tout ce que la nature vous a enseigné lors de vos épreuves, car chacune, en plus de l'alchimie qu'elle créait en vous, vous a livré des clés précieuses sur la conception de la vie, sur la sagesse… Il suffisait d'observer et de saisir ces préceptes extraordinaires… en quelque sorte les secrets de l'humanité que les hommes ont oubliés… Mais les leçons de la nature sont inépuisables… Vous avez encore beaucoup à apprendre d'elle. N'oubliez jamais cela : observer et écouter la nature… et vous connaîtrez peu à peu les grandes vérités.

– C'est vrai, j'ai puisé de précieuses leçons. Je suis perturbée par vos affirmations relatives aux forces occultes, d'autant plus que je suis rationnelle. J'étais pour ainsi dire porteuse de votre pouvoir qui s'est créé au fil des épreuves… aurais-je pu l'utiliser ?

– Non, pour cela, il faut être une descendante de sorcière. Venez, je vais vous montrer quelque chose.

Mme Truc se rendit dans le jardin. Elle emprunta un petit chemin se faufilant parmi les oliviers et les jasmins puis s'arrêta près d'une murette en pierres sèches soutenant un pré au décor champêtre. En pointant l'index vers un endroit précis du muret, Mme Truc s'exclama :

– Regardez ! Lisez ces lettres gravées sur ces vieilles pierres.

– Elles forment le mot VITRIOL. Vitriol comme l'acide ?

– Non. C'est un mot initiatique formé par les initiales d'une formule exprimant la loi d'un processus de transformation. L'alchimie est liée à la sorcellerie comme la sorcellerie est liée à l'alchimie. Elles utilisent toutes les deux les forces occultes et sont les symboles des énergies instinctuelles non disciplinées, non domestiquées. *Visita Interiorem Terrae Rectificando Invenies Operae Lapidem…* Descends au plus profond de toi-même et trouve le noyau insécable sur lequel tu pourras bâtir une autre personnalité, un homme nouveau. Ce qui est en bas est comme ce qui est en haut et ce qui est en haut est comme ce qui est en bas ; par ces choses se font les miracles d'une seule chose. Et comme toutes les choses sont et parviennent d'une, par la médiation d'une seule chose, ainsi toutes les choses sont créées de cette chose unique par adaptation. Tu sépareras la terre du feu, le subtil de l'épais… Reçois la force des choses supérieures et des choses inférieures. Tu auras par ce moyen la gloire du monde et toute obscurité s'enfuira de toi.

Table des matières

Cet ouvrage a été composé par Edilivre
56, rue de Londres – 75008 Paris
www.edilivre.com

Tous nos livres sont imprimés
dans les règles environnementales les plus strictes

Imprimé en France, 2010
Dépôt légal : Mai 2010